线装国学馆
初刻拍案惊奇

初刻拍案惊奇

线装国学馆
初刻拍案惊奇
第二卷

第十一回

恶船家计赚假尸银　狠仆人误投真命状

诗曰：

杳杳冥冥地，非非是是天。
害人终自害，狠计总徒然。

话说那杀人偿命，是人世间最大的事，非同小可。所以是真难假，是假难真。真的时节，纵然有钱可以通神，目下脱逃宪网，到底天理不容，无心之中，自然败露；假的时节，纵然严刑拷掠，诬伏莫伸，到底有个辨白的日子。假饶误出误入，那有罪的老死牖下，无罪的却命绝于囹圄、刀锯之间，难道头顶上这个老翁是没有眼睛的么？所以古人说得好：

湛湛青天不可欺，未曾举意已先知。
善恶到头终有报，只争来早与来迟。

说话的，你差了。这等说起来，不信死囚牢里，再没有个含冤负屈之人？那阴间地府也不须设得枉死城了！看官不知，那冤屈死的，与那杀人逃脱的，大概都是前世的事。若不是前世缘故，杀人竟不偿命，不杀人倒要偿命，死者、生者，怨气冲天，纵然官府不明，皇天自然鉴察。千奇百怪的，巧生出机会来，了此公案。所以说道：『人恶人怕天不怕，人善人欺天不欺。』又道是：『天网恢恢，疏而不漏。』

古来清官察吏，不止一人，晓得人命关天，又且世情不测。尽有极难信的事，偏是真的；极易信的事，偏是假的。所以就是情真罪当的，还要细细体访几番，方能够狱无冤鬼。如今为官做吏的人，贪爱的是钱财，奉承的是富贵，把那『正直公平』四字撇却东洋大海。明知这事无可宽容，也将来轻轻放过；明知这事有些尴尬，也将来草草问成。竟不想杀人可恕，情理难容。那亲动手的奸徒，若不明正其罪，被害冤魂何时瞑目？至于扳诬冤枉的，却又六问三推，千般锻炼。严刑之下，就是凌迟碎剐的罪，急忙里只得轻易招成，搅得他家破人亡。害他一人，便是害他一家了。只做自己的官，毫不管别人的苦，我不知他肚肠阁落里边，也思想积些阴德与儿孙么？如今所以说这一篇，专一奉劝世上廉明长者：一草一木，都是上天生命，何况祖宗赤子。须要慈悲为本，宽猛兼行，护正诛邪，不失为民父母之意。不但万民感戴，皇天亦当佑之。

话说国朝成化年间，浙江温州府永嘉县有个王生，名杰，字文豪。娶妻刘氏，家中止有夫妻二人。生一女儿，年方二岁。内外安童养娘数口，家道亦不甚丰富。王生虽是业儒，尚不曾入泮，只在家中诵习，也有时出外结友论文。那刘氏勤俭作家，甚是贤慧，夫妻彼此相安。忽一日，正遇暮春天气，二三友人扯了王生往郊外踏青游赏。但见：

迟迟丽日，拂拂和风。紫燕黄莺，绿柳丛中寻对偶；狂蜂浪蝶，夭桃队里觅相知。王孙公子兴高时，无日不来寻酒肆；艳质娇姿心动处，此时未免露闺容。须教残醉可重扶，幸喜落花犹未扫。

王生看了春景融和，心中欢畅，吃个薄醉，取路回家里来。只见两个家童正和一个人门首喧嚷。原来那人是湖州客人，姓吕，提着竹篮卖姜。只为家童要少他的姜价，故此争执不已。王生问了缘故，便对那客人道：『如此价钱也好卖了，如何只管在我家门首喧嚷？好不晓事！』那客人是个憨直的人，便回话道：『我们小本经纪，如何要打短我的？相公须放宽洪大量些，不该如此小家子相！』王生乘着酒兴，大怒起

初刻拍案惊奇

来，骂道：『那里来这老贼驴！辄敢如此放肆，把言语冲撞我！』走近前来，连打了几拳，一手推将去。不想那客人是中年的人，有痰火病的，就这一推里，一交跌去，一时闷倒在地。正是：

身如五鼓衔山月，命似三更油尽灯。

原来人生最不可使性，况且这小人买卖，不过争得一二个钱，有何大事？常见大人家强梁僮仆，每每借着势力，动不动欺打小民，到得做出事来，又是家主失了体面。所以有正经的，必然严行惩戒。只因王生不该自己使性动手打他，所以到底为此受累。这是后话。却说王生当日见客人闷倒，吃了一大惊，把酒意都惊散了。连忙喝叫扶进厅来眠了，将茶汤灌将下去，不逾时苏醒转来。王生对客人谢了个不是，讨些酒饭与他吃了，又拿出白绢一匹与他，权为调理之资。那客人回嗔作喜，称谢一声，望着渡口去了。若是王生有未卜先知的法术，慌忙向前拦腰抱住，扯将转来，就养他在家半年两个月，也是情愿，不到得惹出飞来横祸。只因这一去，有分教：

双手撒开金线网，从中钓出是非来。

那王生见客人已去，心头尚自跳一个不住。走进房中与妻子说了，道：『几乎做出一场大事来。侥幸！侥幸！』此时天已晚了，刘氏便叫丫鬟摆上几样菜蔬，烫热酒与王生压惊。饮过数杯，只闻得外边叫门声甚急，王生又吃一惊。掌灯出来看时，却是渡头船家周四，手中拿了白绢、竹篮，仓仓皇皇，对王生说道：『相公，你的祸事到了。如何做出这人命来？』唬得王生面如土色，只得再问缘由。周四道：『相公可认得白绢、竹篮么？』王生看了道：『今日有个湖州的卖姜客人到我家来，这白绢是我送他的，这竹篮正是他盛姜之物，如何却在你处？』周四道：『下昼时节，是有一个湖州姓吕的客人，叫我的船过渡，到得船中，痰火病大发。将次危了，告诉我道被相公打坏了。他就把白绢、竹篮交付与我做个证据，要我替他告官；又要我到湖州去报他家属，前来伸冤讨命。说罢，瞑目死了。如今尸骸尚在船中，船已撑在门首河头了，且请相公自到船中看看，凭相公如何区处！』

王生听了，惊得目睁口呆，手麻脚软，心头恰像有个小鹿儿撞来撞去的，口里还只得硬着胆道：『那有此话？』背地教人走到船里看时，果然有一个死尸骸。王生是虚心病的，慌了手脚，跑进房中与刘氏说知。刘氏道：『如何是好？』王生道：『如今事到头来，说不得了。只是买求船家，要他乘此暮夜，将尸首设法过了，方可无事。』王生便将碎银一包约有二十多两袖在手中，出来对船家说道：『家长不要声张，我与你从长计议。事体是我自做得不是了，却是出于无心的。你我同是温州人，也须有些乡里之情，何苦到为着别处人报仇？况且报得仇来与你何益？不如不要提起，待我出些谢礼与你，求你把此尸载到别处抛弃了。黑夜里谁人知道？』船家道：『抛弃在那里？倘若明日有人认出来，追究根原，连我也不得干净。』王生道：『离此不数里，就是我先父的坟茔，极是僻静，你也是认得的。乘此暮夜无人，就烦你船载到那里，悄悄地埋了。人不知，鬼不觉。』周四道：『相公的说话甚是有理，却怎么样谢我？』王生将手中之物出来与他，船家嫌少道：『一条人命，难道只值得这些些银子？今日凑巧，死在我船中，也是天与我的一场小富贵。一百两银子须是少不得的。』王生只要完事，不敢违拗，点点头，进去了一会，将着些现银及衣裳首饰之类，取出来递与周四道：『这些东西，约莫有六十金了。家下贫寒，望你将就包容罢了。』周四见有许多东西，便自口软了，道：『罢了，罢了。相公是读书之人，只要时常看觑我就是，不敢计较。』王生此时是

初刻拍案惊奇

情急的，正是：

得他心肯日，是我运通时。

心中已自放下几分，又摆出酒饭与船家吃了。随即唤过两个家人，分付他寻了锄头、铁耙之类。内中一个家人姓胡，因他为人凶狠，有些力气，都称他做胡阿虎。当下一一都完备了，一同下船到坟上来。拣一块空地，掘开泥土，将尸首埋藏已毕，又一同上船回家里来。整整弄了一夜，渐渐东方已发动了，随即又请船家吃了早饭，作别而去。王生教家人关了大门，各自散讫。

王生独自回进房来，对刘氏说道：『我也是个故家子弟，好模好样的，不想遭这一场，反被那小人逼勒。』说罢，泪如雨下。刘氏劝道：『官人，这也是命里所招，应得受些惊恐，破此财物。不须烦恼！今幸得靠天，太平无事，便是十分侥幸了！辛苦了一夜，且自将息将息。』当时又讨些茶饭与王生吃了，各各安息不题。

过了数日，王生见事体平静，又买些三牲福物之类，拜献了神明、祖宗。那周四不时的来，假做探望，王生殷殷勤勤待他，不敢冲撞；些小借掇，勉强应承。周四已自从容了，卖了渡船，开着一个店铺。自此无话。

看官听说，王生到底是个书生，没甚见识。当日既然买嘱船家，将尸首载到坟上，只该聚起干柴，一把火焚了，无影无踪，却不干净？只为一时没有主意，将来埋在地中，这便是斩草不除根，萌芽春再发。

又过了一年光景，真个浓霜只打无根草，祸来只奔福轻人。那三岁的女儿，出起极重的痘子来。求神问卜，请医调治，百无一灵。王生只有这个女儿，夫妻欢爱，十分不舍，终日守在床边啼哭。一日，有个亲眷办着盒礼来望痘客。王生接见，茶罢，诉说患病的十分沉重，不久当危。那亲眷道：『本县有个小儿科姓冯，真有起死回生手段，离此有三十里路，何不接他来看觑看觑？』王生道：『领命。』当时天色已黑，就留亲眷吃了晚饭，自别去了。王生便与刘氏说知，写下请帖，连夜唤将胡阿虎来，分付道：『你可五鼓动身，拿此请帖去请冯先生早来看痘。我家里一面摆着午饭，立等，立等。』胡阿虎应诺去了。当夜无话。次日，王生果然整备了午饭，直等至未申时，杳不见来。不觉的又过了一日，到床前看女儿时，只是有增无减。挨至三更时分，那女儿只有出的气，没有入的气，告辞父母往阎家里去了。正是：

金风吹柳蝉先觉，暗送无常死不知。

王生夫妻就如失了活宝一般，各各哭得发昏。当时盛殓已毕，就焚化了。天明以后，到得午牌时分，只见胡阿虎转来回复道：『冯先生不在家里，又守了大半日，故此到今日方回。』王生垂泪道：『可见我家女儿命该如此，如今再也不消说了。』

直到数日之后，同伴中说出实话来，却是胡阿虎一路饮酒沉醉，失去请帖，故此直挨至次日方回，造此一场大谎。王生闻知，思念女儿，勃然大怒。即时唤进胡阿虎，取出竹片要打。胡阿虎道：『我又不曾打杀了人，何须如此？』王生闻得此言，一发怒从心上起，恶向胆边生，连忙教家僮扯将下去，一气打了五十多板，方才住手，自进去了。胡阿虎打得皮开肉绽，拐呀拐的，走到自己房里来，恨恨的道：『为甚的受这般鸟气？你女儿痘子，本是没救的了，难道是我不接得郎中，断送了他？不值得将我这般毒打。可恨！可恨！』又想了一回道：『不妨事，大头在我手里，且待我将息棒疮好了，也教他看我的手段。不知还是井落在吊桶里，吊桶落在井里。如今且不要露风声，等他先做了整备。』正是：

势败奴欺主，时衰鬼弄人。

不说胡阿虎暗生奸计，再说王生自女儿死后，不觉一月有余，亲眷朋友每每备了酒肴与他释泪，他也渐渐不在心上了。忽一日，正在厅前闲步，只见一班应捕拥将进来，带了麻绳铁索，不管三七二十一，望王生颈上便套。王生吃了一惊，问道：『我是个儒家子弟，怎把我这样凌辱！却是为何？』应捕吓了一吓道：『好个杀人害命的儒家子弟！官差吏差，来人不差。你自到太爷面前去讲。』当时刘氏与家僮妇女听得，正不知甚么事头发了，只好立着呆看，不敢向前。

此时不由王生做主，那一伙如狼似虎的人，前拖后扯，带进永嘉县来，跪在堂下右边，却有个原告跪在左边。王生抬头看时，不是别人，正是家人胡阿虎，已晓得是他怀恨在心，出首的了。那知县明时佐开口问道：『今有胡虎首你打死湖州客人姓吕的，这怎么说？』王生道：『青天老爷，不要听他说谎！念王杰弱怯怯的一个书生，如何会得打死人？那胡虎原是小的家人，只为前日有过，将家法痛治一番，为此怀恨，构此大难之端，望爷台照察！』胡阿虎叩头道：『青天爷爷，不要听这一面之词。家主打人自是常事，如何怀得许多恨？如今尸首现在坟茔左侧，万乞老爷差人前去掘取。只看有尸是真，无尸是假。若无尸时，小人情愿认个诬告的罪。』知县依言，即便差人押去起尸。胡阿虎又指点了地方尺寸，不逾时，果然抬个尸首到县里来。知县亲自起身相验，说道：『有尸是真，再有何说？』正要将王生用刑，王生道：『老爷听我分诉：那尸骸已是腐烂的了，须不是目前打死的。若是打死多时，何不当时就来首告，直待今日？分明是胡虎那里寻这尸首，霹空诬陷小人的。』知县道：『也说得是。』胡阿虎道：『这尸首实是一年前打死的，因为主仆之情，有所不忍；况且以仆首主，先有一款罪名，故此含藏不发。如今不想家主行凶不改，小的恐怕再做出事来，以致受累，只得重将前情首告。老爷若不信时，只须唤那四邻八舍到来，问去年某月日间，果然曾打死人否？即此便知真伪了。』知县又依言，不多时，邻舍唤到。知县逐一动问，果然说去年某月某日间，有个姜客被王家打死，暂时救醒，以后不知何如。王生此时被众人指实，颜色都变了，把言语来左支右吾。知县道：『情真罪当，再有何言？这厮不打，如何肯招？』疾忙抽出签来，喝一声：『打！』两边皂隶吆喝一声，将王生拖翻，着力打了二十板。可怜瘦弱书生，受此痛棒拷掠。王生受苦不过，只得一一招成。知县录了口词，说道：『这人虽是他打死的，只是没有尸亲执命，未可成狱。且一面收监，待有了认尸的，定罪发落。』随即将王生监禁狱中，尸首依旧抬出埋藏，不得轻易烧毁，听后检偿。发放众人散讫，退堂回衙。那胡阿虎道是私恨已泄，甚是得意，不敢回王家见主母，自搬在别处住了。

却说王家家僮们在县里打听消息，得知家主已在监中，唬得两耳雪白，奔回来报与主母。刘氏一闻此信，便如失去了三魂，大哭一声，望后便倒，未知性命如何？先见四肢不动。丫鬟们慌了手脚，急急叫唤。那刘氏渐渐醒将转来，叫声：『官人！』放声大哭，足有两个时辰，方才歇了。疾忙收拾些零碎银子，带在身边。换了一身青衣，教一个丫鬟随了，分付家僮在前引路，径投永嘉县狱门首来。夫妻相见了，痛哭失声。王生又哭道：『却是阿虎这奴才，害得我至此！』刘氏咬牙切齿，恨恨的骂了一番。便在身边取出碎银，付与王生道：『可将此散与牢头狱卒，教他好好看觑，免致受苦。』王生接了。天色昏黑，刘氏只得相别，一头啼哭，取路回家。胡乱用些晚饭，闷闷上床。思量：『昨夜与官人同宿，不想今日遭此祸事，两地分离。』不觉又哭了一场，凄凄惨惨睡了不题。

却说王生自从到狱之后，虽则牢头禁子受了钱财，不受鞭棰之苦，却是相与的都是那些蓬头垢面的囚徒，心中有何快活？况且大狱未决，不知死活如何，虽是有人殷勤送衣送饭，到底不免受些饥寒之苦，身体日渐羸瘠了。刘氏又将银来买上买下，思量保他出去。又道是人命重事，不易轻放，只得在监中耐守。光阴似箭，日月如梭。王生在狱中，又早恹恹的挨过了半年光景，劳苦忧愁，染成大病。刘氏求医送药，百般无效，看看待死。

一日，家僮来送早饭，王生望着监门，分付道：『可回去对你主母说，我病势沉重不好，旦夕必要死了。教主母可作急来一看，我从此要永诀了！』家僮回家说知，刘氏心慌胆战，不敢迟延，疾忙雇了一乘轿，飞也似抬到县前来。离了数步，下了轿，走到狱门首，与王生相见了，泪如涌泉，自不必说。王生道：『愚夫不肖，误伤了人命，以致身陷缧绁，辱我贤妻。今病势有增无减了，得见贤妻一面，死也甘心。但只是胡阿虎这个逆奴，我就到阴司地府，决不饶过他的。』刘氏含泪道：『官人不要说这不祥的话！且请宽心调养，人命既是误伤，又无苦主，奴家匡得卖尽田产，救取官人出来，夫妻完聚。阿虎逆奴，天理不容，到底有个报仇日子，也不要在心。』王生道：『若得贤妻如此用心，使我重见天日，我病体也就减几分了。但恐弱质恹恹，不能久待。』刘氏又劝慰了一番，哭别回家，坐在房中纳闷。僮仆们自在厅前斗牌要子。只见一个半老的人，挑了两个盒子，竟进王家里来。放下扁担，对家僮问道：『相公在家么？』只因这个人来，有分教：负屈寒儒，得遇秦庭朗镜；行凶诡计，难逃萧相明条。有诗为证：

湖商自是隔天涯，舟子无端起祸胎。
指日王生冤可白，灾星换做福星来。

那些家僮见了那人，仔细看了一看，大叫道：『有鬼！有鬼！』东逃西窜。你道那人是谁？正是一年前来卖姜的湖州吕客人。那客人忙扯住一个家僮，问道：『我来拜你家主，如何说我是鬼？』刘氏听得厅前喧闹，走将出来。吕客人上前唱了个喏，说道：『大娘听禀，老汉湖州姜客吕大是也。前日承相公酒饭，又赠我白绢，感激不尽。别后到了湖州，这一年半里边，又到别处做些生意。如今重到贵府走走，特地办些土宜来拜望你家相公。不知你家大官们如何说我是鬼？』旁边一个家僮嚷道：『大娘，不要听他，一定得知道大娘要救官人，故此出来现形索命。』刘氏喝退了，对客人说道：『这等说起来，你真不是鬼了。你害得我家丈夫好苦！』吕客人吃了一惊道：『你家相公在那里？怎的是我害了他？』刘氏便将周四如何撑尸到门，说留绢篮为证，丈夫如何买嘱船家，将尸首埋藏，胡阿虎如何首告，丈夫招承下狱的情由，细

细说了一遍。

吕客人听罢，捶着胸膛道：『可怜！可怜！天下有这等冤屈的事！去年别去，下得渡船，那船家见我的白绢，问及来由，我不合将相公打我垂危、留酒赠绢的事情，备细说了一番。他就要买我白绢，我见价钱相应，即时卖了。他又要我的竹篮儿，我就与他作了渡钱。不想他赚得我这两件东西，下这般狠毒之计！老汉不早到温州，以致相公受苦，果然是老汉之罪了。』刘氏道：『今日不是老客人来，连我也不知丈夫是冤枉的。那绢儿篮儿是他骗去的了，这死尸却是那里来的？』吕客人想了一回道：『是了，是了。前日正在船中说这事时节，只见水面上一个尸骸浮在岸边。我见他注目而视，也只道出于无心，谁知因尸就生奸计了。好狠！好狠！如今事不宜迟，请大娘收进了土宜，与老汉同到永嘉县诉冤，救相公出狱，此为上着。』刘氏依言收进盘盒，摆饭请了吕客人。他本是儒家之女，精通文墨，不必假借讼师，就自己写了一纸诉状，雇乘女轿，同吕客人及僮仆等取路投永嘉县来。

等了一会，知县升晚堂了。刘氏与吕大大声叫屈，递上诉词。知县接上，从头看过。先叫刘氏起来问，刘氏便将丈夫争价误殴，船家撑尸得财，家人怀恨出首的事，从头至尾，一一分割。又说：『直至今日姜客重来，才知受枉。』知县又叫吕大起来问，吕大也将被殴始末，卖绢根由，一一说了。知县道：『莫非你是刘氏买出来的？』吕大叩头道：『爷爷，小的虽是湖州人，在此为客多年，也多有相识的在这里，如何瞒得老爷过？当时若果然将死，何不央船家寻个相识来见一见，托他报信复仇，却将来托与一个船家？这也不道是临危时节，无暇及此了。身死之后，难道湖州再没有个骨肉亲戚，见是久出不归，也该有人来问个消息。若查出被殴伤命，就该到府县告理。如何直待一年之后，反是王家家人首告？小人今日才到此地，见有此一场屈事。那王杰虽不是小人陷他，其祸都因小人而起，实是不忍他含冤负屈，故此来到台前控诉，乞老爷笔下超生！』知县道：『你既有相识在此，可报名来。』吕大屈指头说出十数个，知县一一提笔记了。却到把后边的点出四名，唤两个应捕上来，分付道：『你可悄悄地唤他同做证见的邻舍来。』应捕随应命去了。

不逾时，两伙人齐唤了来。只见那相识的四人，远远地望见吕大，便一齐道：『这是湖州吕大哥，如何在这里？一定前日原不曾死。』知县又教邻舍人近前细认，都骇然道：『我们莫非眼花了！这分明是被王家打死的姜客，不知还是到底救醒了，还是面庞厮像的？』内中一个道：『天下那有这般相像的理？我的眼睛一看过，再不忘记。委实是他，没有差错。』此时知县心里已有几分明白了，即便批准诉状，叫起这一干人，分付道：『你们出去，切不可张扬。若违我言，拿来重责。』众人唯唯而退。知县随即唤几个应捕，分付道：『你们可密访着船家周四，用甘言美语哄他到此，不可说出实情。那原首人胡虎，自有保家，俱到明日午后，带齐听审。』应捕应诺，分头而去。知县又发付刘氏、吕大回去，到次日晚堂伺候。二人叩头同出。刘氏引吕大到监门前见了王生，把上项事情尽说了。王生闻得，满心欢喜，却似醍醐灌顶，甘露洒心，病体已减去六七分了，说道：『我初时只怪阿虎，却不知船家如此狠毒。今日不是老客人来，连我也不知自己是冤枉的。』正是：

雪隐鹭鸶飞始见，柳藏鹦鹉语方知。

刘氏别了王生，出得县门，乘着小轿，吕大与僮仆随了，一同径到家中。刘氏自进房里，教家僮们陪客人吃了晚食，自在厅上歇宿。次日

过午，又一同的到县里来，知县已升堂了。不多时，只见两个应捕将周四带到。原来那周四自得了王生银子，在本县开个布店。应捕得了知县的令，对他说：『本县太爷要买布。』即时哄到县堂上来。也是天理合当败露，不意之中，猛抬头见了吕大，不觉两耳通红。吕大叫道：『家长哥，自从买我白绢、竹篮，一别直到今日，这几时生意好么？』周四倾口无言，面如槁木。少顷，胡阿虎也取到了。原来胡阿虎搬在他方，近日偶回县中探亲，不期应捕正遇着他，便上前捣个鬼道：『你家家主人命事已有苦主了，只待原首人来，即便审决。我们那一处不寻得到？』胡阿虎认真欢欢喜喜，随着公人直到县堂跪下。知县指着吕大问道：『你可认得那人？』胡阿虎仔细一看，吃了一惊，心下好生踌躇，委决不下，一时不能回答。

知县将两人光景，一一看在肚里了，指着胡阿虎大骂道：『你这个狠心狗行的奴才！家主有何负你，直得便与船家同谋，觅这假尸诬陷人命？』胡阿虎道：『其实是家主打死的，小人并无虚谬。』知县怒道：『还要口强！吕大既是死了，那堂下跪的是什么人？』喝叫左右夹将起来，『快快招出奸谋便罢！』胡阿虎被夹，大喊道：『爷爷，若说小人不该怀恨在心，首告家主，小人情愿认罪。若要小人招做同谋，便死也不甘的。当时家主不合打倒了吕大，即刻将汤救醒，与了酒饭，赠了白绢，自往渡口去了。是夜二更天气，只见周四撑尸到门，又有白绢、竹篮为证，合家人都信了。家主却将钱财买住了船家，与小人同载至坟茔埋讫。以后因家主毒打小人，挟了私仇，到爷爷台下首告，委实不知这尸真假。今日不是吕客人来，连小人也不知是家主冤枉的。那死尸根由，都在船家身上。』

知县录了口语，喝退胡阿虎，便叫周四上前来问。初时也将言语支吾，却被吕大在旁边面对，知县又用起刑来，只得一一招承道：『去年某月某日，吕大怀着白绢下船。偶然问起缘由，始知被殴详细。恰好渡口原有这个死尸在岸边浮着，小的因此生心要诈骗王家，特地买他白绢，又哄他竹篮，就把水里尸首捞在船上了。来到王家，谁想他一说便信。以后得了王生银子，将来埋在坟头。只此是真，并无虚话。』知县道：『是便是了，其中也还有些含糊。那里水面上恰好有个流尸？又恰好与吕大厮像？毕竟又从别处谋害来诈骗王生的。』周四大叫道：『爷爷，冤枉！小人若要谋害别人，何不就谋害了吕大？前日因见流尸，故此生出买绢篮的计策。心中也道：「面庞不像，未必哄得信。」小人欺得王生一来是虚心病的，二来与吕大只见得一面，况且当日天色昏了，灯光之下，一般的死尸，谁能细辨明白？三来白绢、竹篮又是王生及姜客的东西，定然不疑，故此大胆哄他一哄。不想果被小人瞒过，并无一个人认得出真假。那尸首的来历，想是失脚落水的。小人委实不知。』吕大跪上前禀道：『小人前日过渡时节，果然有个流尸，这话实是真情了。』知县也录了口语。周四道：『小人本意，只要诈取王生财物，不曾有心害他，乞老爷从轻拟罪。』知县大喝道：『你这没天理的狠贼！你自己贪他银子，便几乎害得他家破人亡。似此诡计凶谋，不知陷过多少人了？我今日也为永嘉县除了一害。那胡阿虎身为家奴，拿着影响之事，背恩卖主，情实可恨！合当重行责罚。』当时喝教把两人扯下，胡阿虎重打四十，周四不计其数，以气绝为止。不想那阿虎近日伤寒病未痊，受刑不起，也只为奴才背主，天理难容，打不上四十，死于堂前。周四直至七十板后，方才昏绝。可怜二恶凶残，今日毙于杖下。

知县见二人死了，责令尸亲前来领尸。监中取出王生，当堂释

放。又抄取周四店中布匹，估价一百金，原是王生被诈之物，例该入官，因王生是个书生，屈陷多时，怜他无端，改『赃物』做了『给主』，也是知县好处。坟旁尸首，掘起验时，手爪有沙，是个失水的。无有尸亲，责令忤作埋之义冢。

王生等三人谢了知县出来。到得家中，与刘氏相持，痛哭了一场。又到厅前与吕客人重新见礼。那吕大见王生为他受屈，王生见吕大为他辨诬，俱各致个不安，互相感激。这教做不打不成相识，以后遂不绝往来。王生自此戒了好些气性，就是遇着乞儿，也只是一团和气。感愤前情，思想荣身雪耻，闭户读书，不交宾客。十年之中，遂成进士。

所以说为官做吏的人，千万不可草菅人命，视同儿戏。假如王生这一桩公案，惟有船家心里明白，不是姜客重到温州，家人也不知家主受屈，妻子也不知道丈夫受屈，本人也不知自己受屈。何况公庭之上，岂能尽照覆盆？慈祥君子，须当以此为鉴。

囹圄刑措号仁君，吉网罗钳最枉人。
寄语昏污诸酷吏，远在儿孙近在身。

第十二回

陶家翁大雨留宾　蒋震卿片言得妇

诗曰：

一饮一啄，莫非前定。
一时戏语，终身话柄。

话说人生万事，前数已定。尽有一时间偶然戏耍之事，取笑之话，后边照应将来，却像是个谶语响卜，一毫不差。乃知当他戏笑之时，暗中已有鬼神做主，非偶然也。

而今有一段话文，只因一句戏言，致得两边错认，得了一个老婆，全始全终，比前话更为完美。有诗为证：

戏言偶尔作恢奇，谁道从中遇美妻？
假女婿为真女婿，失便宜处得便宜。

这一本话文，乃是国朝成化年间，浙江杭州府余杭县有一个人，姓蒋名霆，表字震卿。本是儒家子弟，生来心性倜傥佻㒓，顽耍戏浪，不拘小节。最喜游玩山水，出去便是累月累日，不肯呆坐家中。一日想道：『从来说山阴道上，千岩竞秀，万壑争流，是个极好去处。此去绍兴府隔得多少路，不去游一游？』恰好有乡里两个客商要过江南去贸易，就便搭了伴同行。过了钱塘江，搭了西兴夜船，一夜到了绍兴府城。两客自去做买卖，他便兰亭、禹穴、蕺山、鉴湖，没处不到，游得一个心满意足。两客也做完了生意，仍旧合伴同归。

偶到诸暨村中行走，只见天色看看傍晚，一路是些青畦绿亩，不见一个人家。须臾之间，天上洒下雨点来，渐渐下得密了。三人都不带雨具，只得慌忙向前奔走，走得一个气喘。却见村子里露出一所庄宅来，三人远望道：『好了，好了，且到那里躲一躲则个。』两步挪来一步，走到面前，却是一座双檐滴水的门坊。那两扇门，一扇关着，一扇半掩在那里。蒋震卿便上前，一手就去推门。二客道：『蒋兄惯是莽撞。借这里只躲躲雨便了，知是甚么人家。便去敲门打户？』蒋震卿最好取笑，便大声道：『何妨得！此乃是我丈人家里。』二客道：『不要胡说惹祸！』

过了一会，那雨越下得大了。只见两扇门忽然大开，里头踱出一个老者来。看他怎生打扮：

头带斜角方巾，手持盘头拄拐。方巾内竹箨冠，罩着银丝样几茎乱发；拄拐上虬须节，握着干姜般五个指头。宽袖长衣，摆出浑如鹤步；高跟深履，踱来一似龟行。想来圯上可传书，应是商山随聘出。

元来这老者姓陶，是诸暨村中一个殷实大户。为人梗直忠厚，极是好客尚义认真的人。起初，傍晚正要走出大门来，看人关闭，只听得外面说话响，晓得有人在门外躲雨，故迟了一步。却把蒋震卿取笑的说话，一一听得明白。走进去对妈妈与合家说了，都道：『有这样放肆可恶的！不要理他。』而今见下得雨大，晓得躲雨的没去处，心下过意不去。有心要出来留他们进去，却又怪先前说这讨便宜话的人。踌躇了一回，走出来，见是三个，就问道：『方才说老汉是他丈人的，是那一个？』蒋震卿见问着这话，自觉先前失言，耳根通红。二客又同声将他埋怨道：『原是不该。』老者看见光景，就晓得是他了。便对二客道：『两位不弃老拙，便请到寒舍里面盘桓一盘桓。这位郎君依他方才所说，他是吾子辈，与宾客不同，不必进来，只在此伺候罢。』二客方欲谦逊，被他一把扯了袖子，拽进大门。刚跨进槛内，早把两扇门扑的关好了。二客只得随老者登堂，相见叙坐，各道姓名，及偶过避雨，说了一遍。那老者犹兀自气忿忿的道：『适间这位贵友，途路之中，如此轻薄无状，岂是个全身远害的君子？二公不与他相交得也罢了。』二客替他称谢道：『此兄姓蒋，少年轻肆，一时无心失言，得罪老丈，休得计较！』老者只不释然。须臾，摆下酒饭相款，竟不提起门外尚有一人。二客自己非分取扰，已出望外，况见老者认真着恼，难道好又开口周全得蒋震卿，叫他一发请了进来不成？只得由他，且管自家食用。

那蒋震卿被关在大门之外，想着适间失言，老大没趣。独自一个栖栖在雨檐之下，黑魆魆地靠来靠去，好生冷落。欲待一口气走了去，一来雨黑，二来单身不敢前行，只得忍气吞声，耐了心性等着。只见那雨渐渐止了，轻云之中，有些月色上来。侧耳听着，门内人声寂静了，便道：『他们想已安寝，我却如何痴等？不如趁此微微月色，路径好辨，走了去吧！』又想一想道：『那老儿固然怪我，他们两个便直得如此撇下了我，只管自己自在不成？毕竟有安顿我处，便再等他一等。』正在踌躇不定，忽听得门内有人低低道：『且不要去！』蒋震卿心下道：『我说他们定不忘怀了我。』就应一声道：『晓得了，不去。』过了一会，又听得低低道：『有些东西拿出来，你可收恰好。』蒋震卿心下又道：『你看他两个，白白里打搅了他一餐，又拿了他的甚么东西，忒煞欺心！』却口里且答应道：『晓得了。』站住等着，只见墙上有两件东西扑搭地丢将出来。急走上前看时，却是两个被囊。提一提看，且是沉重；把手捻两捻，累累块块，像是些金银器物之类。蒋震卿恐怕有人开门来追寻，急负在背上，望前便走。走过百余步，回头看那门时，已离得略远了。站着脚再看动静。远望去，墙上两个人跳将下来。蒋震卿道：『他两个也来了。恐有人追，我只索先走，不必等他。』提起脚便走。望后边这两个，也不忙赶，只尾着他慢慢地走。蒋震卿走得少远，心下想道：『他两个赶着了，包里东西必要均分。趁他们还在后边，我且打开囊看看，总是不义之物，落得先藏起他些好的。』立住了，把包囊打开，将黄金重货另包了一囊，把钱布之类，仍旧放在被囊里，提了又走。又望后边两个人，却还未到。元来见他住也住，见他走也走，黑影里远远尾着，只不相近。如此行了半夜，只是隔着一箭之路。

看看天明了，那两个方才脚步走得急促，赶将上来。蒋震卿道：『正是来一路走。』走到面前把眼一看，吃了一惊，谁知不是昨日同行的两个客人，到是两个女子。一个头扎临清帕，身穿青绸衫，且是生得美丽；一个散挽头髻，身穿青布袄，是个丫鬟打扮。仔细看了蒋震卿一看，这一惊可也不小，急得忙闪了身子开来。蒋震卿上前，一把将美貌的女子劫住道：『你走那里去？快快跟了我去，到有商量，若是不从，我同到你家去出首。』女子低首无言，只得跟了他走。走到一个酒馆中，蒋生拣个僻净楼房与他住下了。哄店家道，是夫妻烧香，买早饭吃的。店家见一男一女，又有丫鬟跟随，并无疑心，自去支持早饭上来吃。蒋震卿对女子低声问他来历。那女子道：『奴家姓陶，名幼芳，就是昨日主人翁之女。母亲王氏。奴家幼年间许嫁同郡褚家，谁想他双目失明了，我不愿嫁他。有一个表亲之子王郎，少年美貌，我心下有意于他，与他订约日久，约定今夜私奔出来，一同逃去。今日日间不见回音，将到晚时，忽听得爹进来大嚷，道是：「门前有个人，口称这里是他丈人家里，胡言乱语，可恶！」我心里暗想：「此必是我所约之郎到了。」急急收并资财，引这丫鬟拾翠为伴，逾墙出来。看见你在前面背囊而走，心里道：「自然是了。」恐怕人看见，所以一路不敢相

近。谁知跟到这里，却是差了。而今既已失却那人，又不好归去得，只得随着官人罢。也是出于无奈了。』蒋震卿大喜道：『此乃天缘已定，我言有验。且喜我未曾娶妻，你不要慌张！我同你家去便了。』蒋生同他吃了早饭，丫鬟也吃了，打发店钱，独讨一个船，也不等二客，一直同他随路换船，径到了余杭家里。家人来问，只说是路上礼聘来的。

那女子入门，待上接下，甚是贤能，与蒋震卿十分相得。过了一年，已生了一子。却提起父母，便凄然泪下。一日，对蒋震卿道：『我那时不肯从那瞽夫，所以做出这些冒礼勾当来。而今身已属君，可无悔恨。但只是双亲年老无靠，失我之后，在家必定忧愁。且一年有余，无从问个消息，我心里一刻不能忘。再如此思念几时，毕竟要生出病来了。我想父母平日爱我如珠似宝，而今便是他知道了，他只以见我为喜，定然不十分嗔怪的。你可计较，怎生通得一信去？』蒋震卿想了一回道：『此间有一个教学的先生，姓阮，叫阮太始，与我相好。他专在诸暨往来，待我与他商量看。』蒋震卿就走去，把这事始末根由，一五一十对阮太始说了。阮太始道：『此老是诸暨一个极忠厚长者，与学生也曾相会几番过的。待学生寻个便，那里替兄委曲通知，周全其事，决不有误！』蒋震卿称谢了，来回浑家的话不题。

且说陶老是晚款留二客在家歇宿，次日，又拿早饭来吃了。二客千恩万谢，作别了起身。老者送出门来，还笑道：『昨日狂生不知那里去宿了，也等他受些恓惶，以为轻薄之戒。』二客道：『想必等不得，先去了。容学生辈寻着了他，埋怨他一番。老丈，再不必介怀！』老者道：『老拙也是一时耐不得，昨日勾奈何他了，那里还挂在心上？』道罢，各自作别去了。

老者入得门时，只见一个丫鬟慌慌张张走到面前，喘做一团，道：『阿爹，不好了！姐姐不知那里去了？』老者吃了一惊道：『怎的说？』一步一颠，忙走进房中来。只见王妈妈儿天儿地的放声大哭，哭倒在地。老者问其详细，妈妈说道：『昨夜好好在他房中睡的。今早因外边有客，我且照管灶下早饭，不曾见他起来。及至客去了，叫人请他来一处吃早饭，只见房中箱笼大开，连服侍的丫鬟拾翠也不见，不知那里去了！』老者大骇道：『这却为何？』一个养娘便道：『莫不昨日投宿这些人是个歹人，夜里拐的去了？』老者道：『胡说！他们都是初到此地的，那两个宿了一夜，今日好好别了去的，如何拐得？这一个，因是我恼他，连门里不放他进来，一发甚么相干？必是日前与人有约，今因见有客，趁哄打劫的逃去了。你们平日看见姐姐有甚破绽么？』一个养娘道：『阿爹此猜，十有八九。姐姐只为许了个盲子，心中不乐，时时流泪。惟有王家某郎与姐姐甚说得来，时常叫拾翠与他传消递息的。想必约着跟他走了。』老者见说得有因，密地叫人到王家去访时，只见王郎好好的在家里，并无一些动静。老者没做理会处，自道：『家丑不可外扬，切勿令传出去！褚家这盲子退得便罢，退不得，苦一个丫头不着，还他罢了。只是身边没有了这个亲生女儿，好生冷静。』与那王妈妈说着，便哭一个不住。后来褚家盲子死了，感着老夫妻念头，又添上几场悲哭，道：『便早死了年把，也不见得女儿如此！』

如是一年有多，只见一日门上递个名帖进来，却是余杭阮太始。老者出来接着道：『甚风吹得到此？』阮太始道：『久疏贵地诸友，偶然得暇，特过江来拜望一番。』老者便教治酒相待。饮酒中间，大家说些江湖上的新闻，也有可信的，也有可疑的。阮太始道：『敝乡一年之前，也有一件新闻，这事却是实的。』老者道：『何事？』阮太始道：『有

一个少年朋友，出来游耍归去，途路之间，一句戏话上边，得了一个妇人，至今做夫妻在那里。说道这妇人是贵乡的人，老丈曾晓得么？』老者道：『可知这妇人姓甚么？』阮太始道：『说道也姓陶。』那老者大惊道：『莫非是小女么？』阮太始道：『小名幼芳，年纪一十八岁；又有个丫头，名拾翠。』老者撑着眼道：『真是吾小女了。如何在他那里？』阮太始道：『老丈还记得雨中叩门，冒称是岳家，老丈闭他在门外、不容登堂的事么？』老者道：『果有这个事。此人平日元非相识，却又关在外边，无处通风。不知那晚小女如何却随了他去了？』阮太始把蒋生所言，一一告诉，说道：『一边妄言，一边发怒，一边误认，凑合成了这事。真是希奇！而今已生子了。老翁要见他么？』老者道：『可知要见哩！』只见王妈妈在屏风后边，听得明明白白，忍不住跳将出来，不管是生是熟，大哭，拜倒在阮太始面前道：『老夫妇只生得此女，自从失去，几番哭绝，至今奄奄不欲生。若是客人果然致得吾女相见，必当重报。』阮太始道：『老丈与孺人固然要见令爱，只怕有些见怪令婿，令婿便不敢来见了。』老者道：『果然得见，庆幸不暇，还有甚么见怪？』阮太始道：『令婿也是旧家子弟，不辱没了令爱的。老丈既不嗔责，就请老丈同到令婿家里去一见便是。』

老者欣然治装，就同阮太始一路到余杭来。到了蒋家门首，阮太始进去，把以前说话备细说了。阮太始问蒋生出来接了老者。那女儿久不见父亲，也直接至中堂。阮太始暂避开了。父女相见，倒在怀中，大家哭倒。老者就要蒋生同女儿到家去。那女儿也要去见母亲，就一同到诸暨村来。母女两个相见了，又抱头大哭道：『只说此生再不得相会了，谁道还有今日？』哭得旁边养娘们个个泪出。哭罢，蒋生拜见丈人、丈母，叩头请罪道：『小婿一时与同伴门外戏言，谁知岳丈认了真，致犯盛怒，又谁知令爱认了错，得谐私愿？小婿如今想起来，当初说此话时，何曾有分毫想到此地位的？都是偶然。望岳丈勿罪！』老者大笑道：『天教贤婿说出这话，有此凑巧。此正前定之事，何罪之有？』正说话间，阮太始也封了一封贺礼，到门叫喜。老者就将彩帛银两，拜求阮太始为媒，治酒大会亲族，重教蒋震卿夫妇拜天成礼。厚赠妆奁，送他还家，夫妻偕老。当时蒋生不如此戏耍取笑，被关在门外，便一样同两个客人一处儿吃酒了，那里撞得着这老婆来？不知又与那个受用去了。可见前缘分定，天使其然。

此本说话，出在祝枝山《西樵野记》中，事体本等有趣。只因有个没见识的，做了一本《鸳衾记》，乃是将元人《玉清庵错送鸳鸯被》杂剧与嘉定蓖工徐达拐逃新人的事三四件，做了个扭名粮长，弄得头头不了，债债不清。所以，今日依着本传，把此话文重新流传于世，使人简便好看。有诗为证：

片言得妇是奇缘，此等新闻本可传。
扭捏无端殊舛错，故将话本与重宣。

第十三回

赵六老舐犊丧残生　张知县诛枭成铁案

诗曰：

从来父子是天伦，凶暴何当逆自亲？
为说慈乌反哺，应教飞鸟骂伊人。

话说人生极重的是那『孝』字，盖因为父母的，自乳哺三年，直盼到儿子长大，不知费尽了多少心力。又怕他三病四痛，日夜焦劳。又指望他聪明成器，时刻注想。抚摩鞠育，无所不至。《诗》云：『哀哀父母，生我劬劳。欲报之德，昊天罔极。』说到此处，就是卧冰、哭竹、扇枕温衾，也难报答万一。况乃锦衣玉食，归之自己，担饥受冻，委之二亲，漫然视若路人，甚而等之仇敌，败坏彝伦，灭绝天理，直狗彘之所不为也！

某朝某府某县，有一人姓赵，排行第六，人多叫他做赵六老。家声清白，囊橐肥饶。夫妻两口，生下一子，方离乳哺，是他两人心头的气，身上的肉。未生下时，两人各处许下了诸多香愿。只此一节上，已为这儿子费了无数钱财。不期三岁上出起痘来，两人终夜无寐，遍访名医，多方觅药，不论资财。只求得孩儿无恙，便杀了身己，也自甘心。两人忧疑惊恐，巴得到痘花回好，就是黑夜里得了明珠，也没得这般欢喜。看看调养得精神完固，也不知服了多少药料，吃了多少辛勤，坏了多少钱物。殷殷抚养，到了六七岁，又要送他上学。延一个老成名师，择日叫他拜了先生，取个学名唤做赵聪。先习了些《神童》《千家诗》，后习《大学》。两人又怕儿子辛苦了，又怕先生拘束他，生出病来，每日不上读得几句书便歇了。那赵聪也到会体贴他夫妻两人的意思，常只是诈病佯疾，不进学堂。两人却是不敢违拗了他。那先生看了这些光景，口中不语，心下思量道：『这真叫做禽犊之爱！适所以害之耳。养成于今日，后悔无及矣。』却只是冷眼旁观，任主人家措置。

过了半年三个月，忽又有人家来议亲，却是一个宦户人家，姓殷，老儿曾任太守，故了。赵六老却要扳高，央媒求了口帖，选了吉日，极浓重的下了一付谢允礼。自此聘下了殷家女子。逢时致时，逢节致节，往往来来，也不知费用了多少礼物。

韶光短浅，赵聪因为娇养，直挨到十四岁上才读完得经书，赵六老还道是他出人头地，欢喜无限。十五六岁，免不得教他试笔作文。六老此时为这儿子面上，家事已弄得七八了。没奈何，要儿子成就，情愿借贷延师，又重币延请一个饱学秀才，与他引导。每年束脩五十金，其外节仪与夫供给之盛，自不必说。那赵聪原是个极贪安宴，十日九不在书房里的，做先生到落得吃自在饭，得了重资，省了气力。为此就有那一班不成才、没廉耻的秀才，便要谋他馆谷。自有那有志向诚实的，往往却之不就。此之谓贤愚不等。

话休絮烦，转眼间又过了一个年头。却值文宗考童生，六老也叫赵聪没张没致的前去赴考。又替他钻刺央人情，又枉自折了银子。考事已过，六老又思量替儿子毕姻，却是手头委实有些窘迫了，又只得央中写契，借到某处银四百两。那中人叫做王三，是六老平日专托他做事的。似此借票，已写过了几纸，多只是他居间。其时在刘上户家借了四百银子，交与六老。便将银备办礼物，择日纳采，订了婚期。过了两月，又近吉日，却又欠接亲之费。六老只得东挪西凑，寻了几件衣饰之类，往典铺中解了四十两银子，却也不勾使用，只得又寻了王三，写了一纸票，又往褚员外家借了六十金，方得发迎会亲。殷公子送妹子过

门，赵六老极其殷勤谦让，吃了五七日筵席，各自散了。

小夫妻两口恩爱如山，在六老间壁一个小院子里居住，快活过日。殷家女子到百般好，只有些儿毛病：专一恃贵自高，不把公婆看在眼里；且又十分悭吝，一文半贯，惯会唆那丈夫做些惨刻之事。若是殷家女子贤慧时，劝他丈夫学好，也不到得后来惹出这场大事了！

自古妻贤夫祸少，应知子孝父心宽。

这是后话。

却说那殷家嫁资丰富，约有三千金财物。殷氏收拿，没一些儿放空。赵六老供给儿媳，惟恐有甚不到处，反十分小心；儿媳两个，到嫌长嫌短的不像意。光阴迅速，又早三年。赵老娘因害痰火病，起不得床，一发把这家事托与媳妇拿管。殷氏承当了，供养公婆，初时也尚像样，渐渐半年三个月，要茶不茶，要饭不饭。两人受淡不过，有时只得开口，勉强取讨得些，殷氏便发话道：『有什么大家事交割与我？却又要长要短，原把去自当不得？我也不情愿当这样的吃苦差使，倒终日搅得不清净。』赵六老闻得，忍气吞声。实是没有什么家计分授与他，如何好分说得？叹了口气，对妈妈说了。妈妈是个积病之人，听了这些声响，又看了儿媳这一番怠慢光景，手中又十分窘迫，不比三年前了。且又索债盈门，箱笼中还剩得有些衣饰，把来偿利，已准过七八了。就还有几亩田产，也只好把与别人做利。赵妈妈也是受用过来的，今日穷了，休说是外人，嫡亲儿媳也受他这般冷淡。回头自思，怎得不恼？一气气得头昏眼花，饮食多绝了。儿媳两个也不到床前去看视一番，也不将些汤水调养病人，每日三餐，只是这几碗黄齑，好不苦恼！挨了半月，痰喘大发，呜呼哀哉，伏惟尚飨了。儿媳两个免不得干号了几声，就走了过去。

赵六老跌脚捶胸，哭了一回，走到间壁去，对儿子道：『你娘今日死了，实是囊底无物，送终之具，一无所备。你可念母子亲情，买口好棺木盛殓，后日择块坟地殡葬，也见得你一片孝心。』赵聪道：『我那里有钱买棺？不要说是好棺木价重买不起，便是那轻敲杂树的，也要二三两一具，叫我那得东西去买？前村李作头家，有一口轻敲些的在那里，何不去赊了来？明日再做理会。』六老噙着眼泪，怎敢再说？只得出门到李作头家去了。且说赵聪走进来对殷氏道：『俺家老儿，一发不知进退了，对我说要讨件好棺木盛殓老娘。我回说道：「休说好的，便是歹的，也要二三两一个。」我叫他且到李作头赊了一具轻敲的来，明日还价。』殷氏便接口道：『那个还价？』赵聪道：『便是我们舍个头痛，替他胡乱还些罢。』殷氏怒道：『你那里有钱来替别人买棺材？买与自家了不得？要买时，你自还钱！老娘却是没有。我又不曾受你爷娘一分好处，没事便兜揽这些来打搅人，松了一次，便有十

次，还他十个没有，怕怎地！』赵聪顿口无言，道：『娘子说得是，我则不还便了。』随后，六老雇了两个人，抬了这具棺材到来，盛殓了妈妈。大家举哀了一场，将一杯水酒浇奠了，停柩在家。儿媳两个也不守灵，也不做什么盛羹饭，每日仍只是这几碗黄齑，夜间单留六老一人冷清清的在灵前伴宿。六老有好气没好气，想了便哭。

过了两七，李作头来讨棺银。六老道：『去替我家小官人讨。』李作头依言去对赵聪道：『官人家赊了小人棺木，幸赐价银则个。』赵聪光着眼，啐了一声道：『你莫不见鬼了！你眼又不瞎，前日是那个来你家赊棺材，便与那个讨，却如何来与我说？』李作头道：『是你家老官来赊的。方才是他叫我来与官人讨。』赵聪道：『休听他放屁！好没廉耻！他自有钱买棺材，如何图赖得人？你去时便去，莫要讨老爷怒发！』背叉着手，自进去了。李作头回来，将这段话对六老说知。六老纷纷泪落，忍不住哭起来。李作头劝住了道：『赵老官，不必如此！没有银子，便随分什么东西准两件与小人罢了。』赵六老只得进去，翻箱倒笼，寻得三件冬衣，一根银镯子，把来准与李作头去了。

忽又过了七七四十九，赵六老原也有些不知进退，你看了买棺一事，随你怎么，也不可求他了。到得过了断七，又忘了这段光景，重复对儿子道：『我要和你娘寻块坟地，你可主张则个。』赵聪道：『我晓得甚么主张？我又不是地理师，那晓寻甚么地？就是寻时，难道有人家肯白送？依我说时，只好捡个日子送去东村烧化了，也倒稳当。』六老听说，默默无言，眼中掉泪。赵聪也不再说，竟自去了。六老心下思量道：『我妈妈做了一世富家之妻，岂知死后无葬身之所？罢！罢！这样逆子，求他则甚！再检箱中，看有些少物件解当些来买地，并作殡葬之资。』六老又去开箱，翻前翻后，检得两套衣服，一只金钗，当得六两银子，将四两买了三分地，余二两唤了四个和尚，做些功果，雇了几个扛夫抬出去殡葬了。六老喜得完事，且自归家，随缘度日。

倏忽间，又是寒冬天道，六老身上寒冷，赊了一斤丝绵，无钱得还，只得将一件夏衣，对儿子道：『一件衣服在此，你要便买了，不要时便当几钱与我。』赵聪道：『冬天买夏衣，正是那得闲钱补抓篱？放着这件衣服，日后怕不是我的，却买他？也不买，也不当。』六老道：『既恁地时，便罢。』自收了衣服不题。

却说赵聪便来对殷氏说了，殷氏道：『这却是你呆了！他见你不当时，一定便将去解铺中解了，日后一定没了。你便将来胡乱当他几钱，不怕没便宜。』赵聪依允，来对六老道：『方才衣服，媳妇要看一看，或者当了，也不可知。』六老道：『任你将去不妨，若当时只是七钱银子也罢。』赵聪将衣服与殷氏看了，殷氏道：『你可将四钱去，说如此时便足了，要多时回他便罢。』赵聪将银付与六老，六老那里敢嫌

多少，欣然接了。赵聪便写一纸短押，上写『限五月没』，递与六老去了。六老看了短押，紫胀了面皮，把纸扯得粉碎，长叹一声道：『生前作了罪过，故令亲子报应。天也！天也！』怨恨了一回。

过了一夜，次日起身梳洗，只见那作中的王三蓦地走将进来，六老心头吃了一跳，面如土色。正是：

入门休问荣枯事，观看容颜便得知。

王三施礼了，便开口道：『六老莫怪惊动！便是褚家那六十两头，虽则年年清利，却则是些贷钱准折，又还得不爽利。今年他家要连本利多楚。小人却是无说话回他，六老遮莫做一番计较，清楚了这一项，也省多少口舌，免得门头不清净。』六老叹口气道：『当初要为这逆子做亲，负下了这几主重债，年年增利，囊橐一空。欲待在逆子处挪借来奉还褚家，争奈他两个丝毫不肯放空。便是老夫身衣口食，日常也不能如意，那有钱来清楚这一项银？王兄幸作方便，善为我辞，宽限几时，感恩非浅！』王三变了面皮道：『六老，说那里话？我为褚家这主债上，馋唾多分说干了。你却不知他家上门上户，只来寻我中人。我却又不得了几许中人钱，没来由讨这样不自在吃？只是当初做差了事，没摆布了。他家动不动要着人来坐催，你却还说这般懈话！就是你手头来不及时，当初原为你儿子做亲借的，便和你儿子挪借来还，有甚么不是处？我如今不好去回话，只坐在这里罢了。』六老听了这一番话，眼泪汪汪，无言可答，虚心冷气的道：『王兄见教极是，容老夫和这逆子计议便了。王兄暂请回步，来早定当报命。』王三道：『是则是了，却是我转了背，不可就便放松！又不图你一碗儿茶，半钟儿酒，着甚来历？』摊手摊脚，也不作别，竟走出去了。

六老没极奈何，寻思道：『若对赵聪说时，又怕受他冷淡；若不去说时，实是无路可通。老王说也倒是，或者当初是为他借的，他肯挪移也未可知。』要一步，不要一步，走到赵聪处来，只见他们闹闹热热，炊烟盛举。六老问道：『今日为甚事忙？』有人答道：『殷家大公子到来，留住吃饭，故此忙。』六老垂首丧气，只得回身。肚里思量道：『殷家公子在此留饭，我为父的也不值得带挈一带挈？且看他是如何。』停了一会，只见依旧搬将那平时这两碗黄糙饭来，六老看了喉咙气塞，也吃不落。

那日，赵聪和殷公子吃了一日酒，六老不好去唐突，只得歇了。次早走将过去，回说：『赵聪未曾起身。』六老呆呆的等了个把时辰，赵聪走出来道：『清清早起，有甚话说？』六老倒陪笑道：『这时候也不早了。有一句紧要说话，只怕你不肯依我。』赵聪道：『依得时便说，依不得时便不必说！有什么依不依？』六老半嗫半嚅的道：『日前你做亲时，曾借下了褚家六十两银子，年年清利。今年他家连本要还，我却怎地来得及？本钱料是不能勾，只好依旧上利。我实在是手无一文，别样本也不该对你说，却是为你做亲借的，为此只得与你挪借些，还他利钱则个。』赵聪怫然变色，摊着手道：『这却不是笑话！恁他说时，原来人家讨媳妇多是儿子自己出钱？等我去各处问一问看，是如此时，我还便了。』六老又道：『不是说要你还，只是目前挪借些个。』赵聪道：『有甚挪借不挪借？若是后日有得还时，他们也不是这般讨得紧了。昨日殷家阿勇有准盒礼银五钱在此，待我去问媳妇，肯时，将去做个东道，请请中人，再挨几时便是。』说罢自进去了。六老想道：『五钱银子干什么事？况又去与媳妇商量，多分是水中捞月了。』等了一会，不见赵聪出来，只得回去。

却见王三已自坐在那里，六老欲待躲避，早被他一眼瞧见。王三迎

着六老道：『昨日所约如何？褚家又是三五替人我家来过了。』六老舍着羞脸说道：『我家逆子，分毫不肯通融。本钱实是难处，只得再寻些货物，准过今年利钱，容老夫徐图。望乞方便。』一头说，一头不觉的把双膝屈了下去。王三歪转了头，一手扶六老，口里道：『怎地是这样！既是有货物准得过时，且将去准了。做我不着，又回他过几时。』六老便走进去，开了箱子，将妈妈遗下几件首饰衣服，并自己穿的这几件直身，捡一个空，尽数将出来，递与王三。王三宽打料帐，结勾了二分起息十六两之数，连箱子将了去了。六老此后身外更无一物。

话休絮烦。隔了两日，只见王三又来索取那刘家四百两银子利钱，一发重大。六老手足无措，只得诡说道：『已和我儿子借得两个元宝在此，待将去倾销一倾销，且请回步，来早拜还。』王三见六老是个诚实人，况又不怕他走了那里去，只得回家。六老想道：『虽然哄了他去，这疖少不得要出脓，怎赖得过？』又走过来对赵聪道：『今日王三又来索刘家的利钱，吾如今实是只有这一条性命了，你也可怜见我生身父母，救我一救！』赵聪道：『没事又将这些说话来恐吓人，便有些得替还了不成？要死便死了，活在这里也没干！』六老听罢，扯住赵聪，号天号地的哭，赵聪奔脱了身，竟进去了。有人劝住了六老，且自回去。六老千思万想，若王三来时，怎生措置？人极计生，六老想了半日，忽然的道：『有了，有了。除非如此如此，除了这一件，真便死也没干。』看看天色晚来，六老吃了些夜饭自睡。

却说赵聪夫妻两个，吃罢了夜饭，洗了脚手，吹灭了火去睡。赵聪却睡不稳，清眠在床。只听得房里有些脚步响，疑是有贼，却不做声。元来赵聪因有家资，时常防贼，做整备的。听了一会，又闻得门儿隐隐开响，渐渐有些悉窣之声，将近床边。赵聪只不做声，约莫来得切近，悄悄的床底下拾起平日藏下的斧头，趁着手势一劈，只听得扑地一响，望床前倒了。赵聪连忙爬起来，踏住身子，再加两斧，见寂然无声，知是已死。慌忙叫醒殷氏道：『房里有贼，已砍死了。』点起火来，恐怕外面还有伴贼，先叫破了地方邻舍。多有人走起来救护。只见墙门左侧老大一个壁洞，已听见赵聪叫道：『砍死了一个贼在房里。』一齐拥进来看，果然一个死尸，头劈做了两半。众人看了，有眼快的叫道：『这却不是赵六老！』众人仔细齐来相了一回，多道：『是也，是也。却为甚做贼偷自家的东西？却被儿子杀了，好蹊跷作怪的事！』有的道：『不是偷东西，敢是老没廉耻要扒灰，儿子愤恨，借这个贼名杀了。』那老成的道：『不要胡嘈！六老平生不是这样人。』赵聪夫妻实不知是什么缘故，饶你平时奸猾，到这时节不由你不呆了。一头假哭，一头分说道：『实不知是我家老儿，只认是贼，为此不问事由杀了。只看这墙洞，须知不是我故意的。』众人道：『既是做贼来偷，你夜晚间不分皂白，怪你不得。只是事体重大，免不得报官。』哄了一夜，却好天明。众人押了赵聪到县前去。这里殷氏也心慌了，收拾了些财物，暗地到县里打点去使用。

那知县姓张，名晋，为人清廉正直，更兼聪察非常。那时升堂，见众人押这赵聪进来，问了缘故，差人相验了尸首。张晋道是『以子杀父，该问十恶重罪』。旁边走过一个承行孔目，禀道：『赵聪以子杀父，罪犯宜重；却实夤是夜拒盗，不知是父，又不宜坐大辟。』那些地方里邻也是一般说话。张晋由众人说，径提起笔来判道：『赵聪杀贼可恕，不孝当诛！子有余财，而使父贫为盗，不孝明矣！死何辞焉？』判毕，即将赵聪重责四十，上了死囚枷，押入牢里。众人谁敢开口？况赵聪那些不孝的光景，众人一向久慕。见张晋断得公明，尽皆心服。张晋又责令收赵聪家财，买棺殡殓了六老。

殷氏纵有扑天的本事，敌国的家私，也没门路可通，只好多使用些银子，时常往监中看觑赵聪一番。不想进监多次，惹了牢瘟，不上一个月死了。赵聪原是受享过来的，怎敖得囹圄之苦？殷氏既死，没人送饭，饿了三日，死在牢中。拖出牢洞，抛尸在千人坑里。这便是那不孝父母之报。张晋更着将赵聪一应家财入官，那时刘上户、褚员外并六老平日的债主，多执了原契，禀了张晋，一一多派还了，其余所有，悉行入库。他两个刻剥了这一生，自己的父母也不能勾近他一文钱钞，思量积攒来传授子孙为永远之计。谁知家私付之乌有，并自己也无葬身之所。要见天理昭彰，报应不爽。正是：

由来天网恢恢，何曾漏却阿谁？
王法还须推勘，神明料不差池。

第十四回

酒谋财于郊肆恶　鬼对案杨化借尸

诗曰：

从来人死魂不散，况复生前有宿冤！
试看鬼能为活证，始知明晦一般天。

看官，你道在下为何说出这两段说话？只因世上的人，瞒心昧己做了事，只道暗中黑漆漆，并无人知觉的；又道是死无对证，见个人死了，就道天大的事也完了。谁知道冥冥之中，却如此昭然不爽！说到了这样转世说出前生，附身活现花报，恰像人原不曾死，只在面前一般。随你欺心的硬胆的人，思之也要毛骨悚然。却是死后托生，也是常事，附身索命，也是常事，古往今来，说不尽许多。而今更有一个稀奇作怪的，乃是被人害命，附尸诉冤，竟做了活人活证，直到缠过多少时节，经过多少衙门，成狱方休，实为罕见！

这段话，在山东即墨县于家庄。有一人唤名于大郊，乃是个军籍出身。这于家本户，有兴州右屯卫顶当祖军一名。那见在彼处当军的，叫做于守宗。元来这名军是祖上洪武年间传留下来的，虽则是嫡支嫡派承当充伍，却是通族要帮他银两，叫做『军装盘缠』，约定几年来取一度，是个旧规。其时乃万历二十一年，守宗在卫，要人到祖籍讨这一项钱粮。有个家丁叫做杨化，就是蓟镇人，他心性最梗直，多曾到即墨县走过遭把的，守宗就差他前来。杨化与妻子别了，骑了一只自喂养的蹇驴，不则一日，行到即墨，一径到于大郊屋里居住宿歇了。各家去派取，接着支系派去，也有几分的，也有上钱的，陆续零星讨将来。先凑得二两八钱，在身边藏着。是月正月，二十六日，大郊走来对杨化道：『今日鳌山卫集，好不热闹，我要去趁赶，同你去耍耍来。』杨化道：『咱家也坐不过，要去走走。』把个缠袋束在腰里了，骑了驴，同大郊到鳌山卫来。只因此一去，有分教：雄边壮士，强做了一世冤魂；寒舍村姑，硬当了几番鬼役。正是：

猪羊入屠户之家，一步步来寻死路。

却说杨化与于大郊到鳌山集上，看了一回，觉得有些肚饥了，对大郊道：『咱们到酒店上呷碗烧刀子去。』大郊见说，就拉他到卫城内一个酒家尹三家来饮酒。山东酒店，没甚嘎饭下酒，无非是两碟大蒜、几个馍馍。杨化是个北边穷军，好的是烧刀子。这尹三店中是有名最狠的黄烧酒，正中其意，大碗价筛来吃。于大郊又在旁相劝，灌得烂醉。到天晚了，杨化手垂脚软，行走不得。大郊勉强扶他上了驴，用手搀着他走路。杨化骑一步，撞一撞，几番要颠下来。到了卫北石桥子沟，杨化一个盹，叫声『啊呀！』一交翻下驴来。于大郊道：『骑不得驴了，且在此地下睡睡再走。』杨化在草坡上，一交放翻身子，不知一个天高地下，鼾声如雷，一觉睡去了。

元来于大郊见杨化零零星星收下好些包数银子，却不知有多少，心中动了火，思想要谋他的。欺他是个单身穷军，人生路不熟，料没有人晓得他来踪去迹。亦且这些族中人，怕他蒿恼，巴不得他去的，若不见了他，大家干净，必无人提起。却不这项银子落得要了？所以故意把这样狠酒灌醉了他。杨化睡至一个更次，于大郊呆呆在旁边候着。你道平日若是软心的人，此时纵要谋他银两，乘他酒醉，腰里摸了他的，走了去，明日杨化酒醒，也只道醉后失了。就是疑心大郊，没个实据，可以抵赖，事也易处。何致定要害他性命？谁知北人手辣心硬，一不做，二不休，叫得先打后商量。不论银钱多少，只是那断路抢衣帽的小小强人，也必了了性命，然后动手的。风俗如此，心性如此。看着一个人性命，只当掐个虱子，不在心上。当日见杨化不醒，四旁无人，便将杨化驴子上缰绳解将下来，打了个扣儿，将杨化的脖项套好了。就除下杨化的帽儿，塞住其口，把一只脚踏住其面，两手用力，将缰绳扯起来一勒，可怜杨化一个穷军，能有多少银子？今日死于非命！

于大郊将手去按杨化鼻子底下，已无气了。就于腰间搜动前银，连缠袋取来，缠在自己腰内。又想道：『尸首在此，天明时有人看见，须是不便。』随拖起杨化尸首，驮在驴背上，赶至海边，离于家庄有三里地远了，扑通一声，撺入海内。牵了驴儿转回来，又想一想道：『此是杨化的驴，有人认得。我收在家里，必有人问起，难以遮盖，弃了他罢。』当将此驴赶至黄铺舍，漫坡散放了，任他自去。那驴散了缰辔，随地打滚，好不自在。次日不知那个收去了。是夜于大郊悄悄地回家，无人知道。

至二月初八日，已死过十二日了。于大郊魂梦里也道：此时死尸，不知漂去几千万里了。你道可杀作怪！那死尸潮上潮下，混了多日，一夜乘潮逆流上来，恰恰到于家庄本社海边，停着不去。本社保正于良等看见，将情报知即墨县。那即墨县李知县查得海潮死尸，不知何处人氏，何由落水，其故难明，亦且颈有绳痕，中间必有冤抑。除责令地方一面收贮，一面访拿外，李知县斋戒了，到城隍庙虔诚祈祷，务期报应，以显灵佑不题。

本月十三日，有于大郊本户居民于得水妻李氏，正与丈夫碾米，忽然跌倒在地。得水慌忙扶住叫唤。将及半个时辰，猛可站将起来，紧闭双眸，口中吓道：『于大郊，还我命来！还我命来！』于得水惊诧问道：『你是何处神鬼，辄来作怪？』李氏口里道：『我是讨军装杨化，在鳌山集被于大郊将黄烧酒灌醉，扶至石桥子沟，将缰绳把我勒死，抛尸海中。我恐大郊逃走，官府连累无干，以此前来告诉。我家中还有亲兄杨大，又有妻张氏，有一男二女，俱远在蓟州，不及前来执命，可怜！可怜！故此自来，要与大郊质对，务要当官报仇。』于得水道：『此冤仇实与我无干，如何缠扰着我家里？』李氏口里道：『暂借贤妻贵体，与我做个凭依，好得质对。待完成了事，我自当去，不来相扰。烦你与我报知地方则个。你若不肯，我也不出你的门。』于得水当时无奈，只得走去通知了保正于良。于良不信，到得水家中看个的确，只见李氏再说那杨化一番说话，明明白白，一些不差。于良走去报知老人邵强与地方牌头小甲等，都来看了。前后说话，都是一样。

于良、邵强遂同地方人等，一拥来到于大郊家里，叫出大郊来道：『你干得好事！今有冤魂在于得水家中，你可快去面对。』大郊心里有病，见说着这话，好不心惊！却又道：『有甚么冤魂在得水家里？可又作怪，且去看一看，怕做甚么！』违不得众人，只得软软随了去。到得水家，只见李氏大喝道：『于大郊，你来了么？我与你有甚么冤仇？你却谋我东西，下此毒手！害得我好苦！』大郊犹兀自道无人知证，口强道：『吓！那个谋你甚么？见鬼了！』李氏口里道：『还要抵赖？你将驴缰勒死了我，又驴驮我海边，丢尸海中了。藏着我银子二两八钱，打点自家快活。快拿出我的银子来，不然，我就打你，咬你的肉，泄我的恨！』大郊见他说出银子数目相对，已知果是杨化附魂，不敢隐匿，遂对众吐称：『前情是实。却不料阴魂附人，如此显明，只索死去休！』

于良等听罢，当即押了大郊回家，将原劫杨化缠袋一条，内盛军装

银二两八钱，于本家灶锅烟笼里取出。于良等道：『好了，好了。有此赃物，便可报官定罪，了这海上浮尸的公案。若只是阴魂鬼话，万一后边本人醒了，阴魂去了，我们难替他担错。』就急急押了于大郊，连赃送县。大郊想道：『罪无可逃了。坐在监中，无人送饭，须索多攀本户两个，大家不得安闲。等他们送饭时，须好歹也有些及我。』就对于良道：『这事须有本户于大豹、于大敖、于大节三人与我同谋的，如何只做我一人不着？』于良等并将三人拘集。三人口称无干，这里也不听他，一同送到县来首明。

知县准了首词，批道：『情似真而事则鬼，必李氏当官证之！』随拘李氏到官。李氏与大郊面质，句句是杨化口谈，咬定大郊谋死真情。知县看那诉词上面，还有几个名字，问：『这于大豹等几人，却是怎的？』李氏道：『止是大郊一个，余人并不相干。正恐累及平人，故不避幽明，特来告陈。』知县厉声问大郊道：『你怎么说？』大郊此时已被李氏附魂活灵活现的说话，惊得三魂俱不在体了，只得叩头道：『爷爷，今日才晓得鬼神难昧，委系自己将杨化勒死，图财是实，并与他人无干。小的该死！』

知县看系谋杀人命重情，未经检验，当日亲押大郊等到海边潮上杨化尸所相验。拘取一班仵作，相得杨化身尸，颈子上有绳子交匝之伤，的系生前被人勒死。取了伤单，回到县中，将一干人犯口词取了，问成于大郊死罪。众人在官的多画了供，连李氏也画了一个供。又分付他道：『此事须解上司，你改不得口！』李氏道：『小的不改口，只是一样说话。』元来知县只怕杨化魂灵散了，故如此对李氏说。不知杨化真魂，只说自家的说话，却如此答。知县就把文案叠成，连人解府。知府看了招卷，道是希奇，心下有些疑惑，当堂亲审，前情无异。题笔判云：

看得杨化以边塞贫军，跋涉千里，银不满三两。于大郊辄起毒心，先之酒醉，继之绳勒，又继之驴驮，丢尸海内。彼以为葬鱼腹，求之无尸，质之无证。已可私享前银，宴然无事。孰意天道昭彰，鬼神不昧！尸入海而不沉，魂附人而自语。发微瞬之奸，褫凶人之魄。至于『咬肉泄恨』一语，凛然斧钺；『恐连累无干』数言，赫然公平。化可谓死而灵，灵而正直，不以死而遂泯者。孰谓人可谋杀，又可漏网哉？该县祷神有应，异政足录。拟斩情已不枉，缘系面鞫，杀劫魂附情真，理合解审。抚按定夺。

府中起了解批，连人连卷，解至督抚孙军门案下告投。

孙军门看了来因，好些不然，疑道：『李氏一个妇人，又是人作鬼语，如何做得杀人定案？安知不有诡诈？』就当堂逐一点过面审。点到李氏，便住了笔，问道：『你是那里人？』李氏道：『是蓟州人。』又叫地方上来，问：『李氏是那里人？』地方道：『是即墨人。』孙军门道：『他如何说是蓟州人？』地方道：『李氏是即墨人，附尸的杨化是蓟州人。』孙军门又唤李氏问道：『你叫甚么名字？』李氏道：『小的杨化，是兴州右屯卫守宗名下余丁。』遂把讨军装被谋死，是长是短，说了一遍。宛然是个北边男子声口，并不像妇女说话，亦不是山东说话。孙军门问得明白，点一点头，笑道：『果有此等异事！』遂批卷上道：

扬化魂附诉冤，面审俱蓟镇人语，诚为甚异。仰按察司复审详报！

按察司转发本府带管理刑厅刘同知复审。解官将一干人犯仍带至府中，当堂回销解批。只见李氏之夫于得水哭禀知府道：『小的妻子李氏，久为杨化冤魂所附，真性迷失。又且身系在官，展转勘问，动辄

经旬累月，有子失乳，母子不免两伤。望乞爷台做主，救命超生！』知府见他说得可怜，点头道：『此原不是常理，如何可久假不归？却是鬼神之事，我亦难处。』便唤李氏到案前道：『你是李氏，还是杨化？』李氏道：『小的是杨化。』知府道：『你的冤已雪了。』李氏道：『多谢老爷天恩！』知府道：『你虽是杨化，你身却是李氏，你晓得么？』李氏道：『小的晓得。却是小的冤虽已报，无家可归，住在此罢。』知府大怒道：『胡说！你冤既雪，只该依你体骨去，为何耽阁人妻子？你可速去，不然痛打你一顿。』李氏见说要打，却像有些怕的一般，连连叩头道：『小的去了就是。』说罢，李氏站起就走。知府又叫人拉他转来道：『我自叫杨化去，李氏待到那里去？』李氏仍做杨化的声口，叩头道：『小人自去。』起身又走。知府拍桌大喝，叫他转来道：『这样糊涂可恶！杨化自去，须留下李氏身子。如何三回两转，违我言语？皂隶与我着实打！』皂隶发一声喊，把满堂竹片尽撇在地，震得一片价响。只见李氏一交跌倒，叫皂隶唤他，不应，再叫他杨化！也不应，眼睛紧闭，面色如灰。于得水慌了手脚，附着耳朵连声呼之，只是不应。也不管公堂之上，大声痛哭。知府也没法处得。得水捧着李氏，只见四脚摇战，汗下如雨。有一个多时辰，忽然张开眼睛，看见公堂虚敞，满前面生人众，打扮异样，大惊道：『吾李氏女，何故在此？』就把两袖紧遮其面。知府晓得其真性已回，问他一向知道甚么，说道：『在家碾米，不知何故在此。』并过了许多时日也不知道。知府便将朱笔大书『李氏之身』四字镇之，取印印其背，令得水扶归调养。

次日，刘同知提审，李氏名尚未销。得水见妻子出惯了官的，不以为意，谁知李氏这回着实羞怯，不肯到衙门来。得水把从前话一一备细说与李氏知道，李氏哭道：『是睡梦里，不知做此出丑勾当，一向没处追悔了，今既已醒，我自是女人，岂可复到公庭？』得水道：『罪案已成，太爷昨日已经把你发放过了。今日只得复审一次，便可了事。』李氏道：『复审不复审与我何干？』得水道：『若不去时，须累及我。』李氏没奈何，只得同到衙门里来。比及刘同知问时，只是哭泣，并不晓得说一句说话。同知唤其夫得水问他，得水把向来杨化附魂证狱，昨日太爷发放，杨化已去，今是元身李氏，与前日不同缘故说了。就将太爷朱笔亲书并背上印文验过。刘同知深叹其异，把文书申详上司道：『杨化冤魂已散，理合释放李氏宁家，免其再提。于大郊自有真赃，不必别证。秋后处决。』

一日晚间，于得水梦见杨化来谢道：『久劳贤室，无可为报。止有叫驴一头，一向散缰走失，被人收去。今我引他到你家门首，你可收用，权为谢意。』得水次日开门出去，果遇一驴在门，将他拴鞴起来骑用，方知杨化灵尚未泯。从来说鬼神难欺，无如此一段话本，最为真实骇听。

人杀人而成鬼，鬼借人以证人。
人鬼公然相报，冤家宜结宜分。

第十五回

卫朝奉狠心盘贵产　陈秀才巧计赚原房

诗曰：

人生碌碌饮贪泉，不畏官司不畏天。
何必广斋多忏悔？让人一着最为先。

这一首诗，单说世上人贪心起处，便是十万个金刚也降不住；明明的刑宪陈设在前，也顾不的。子列子有云：『不见人，徒见金。』盖谓当这点念头一发，精神命脉，多注在这一件事上，那管你行得也行不得？

如今且说一段故事，乃在金陵建都之地，鱼龙变化之乡。那金陵城傍着石山筑起，故名石头城。城从水门而进，有那秦淮十里楼台之盛。那湖是昔年秦始皇开掘的，故名秦淮湖。水通着扬子江，早晚两潮，那大江中百般物件，每每随潮势流将进来。湖里有画舫名妓，笙歌嘹亮，仕女喧哗。两岸柳荫夹道，隔湖画阁争辉。花栏竹架，常凭韵客联吟；绣户珠帘，时露娇娥半面。酒馆十三四处，茶坊六七八家。端的是繁华盛地，富贵名邦。

说话的，只说那秦淮风景，没些来历。看官有所不知，在下就中单表近代一个有名的富郎陈秀才，名珩，在秦淮湖口居住。娶妻马氏，极是贤德，治家勤俭。陈秀才有两个所在：一所庄房，一所住居，都在秦淮湖口，庄房却在对湖。那陈秀才专好结客，又喜风月，逐日呼朋引类，或往青楼嫖妓，或落游船饮酒。帮闲的不离左右，筵席上必有红裙。清唱的时供新调，修痒的百样腾挪。送花的日逐荐鲜，司厨的多方献异。又道是：『利之所在，无所不趋。』为因那陈秀才是个撒漫的都总管，所以那些众人多把做一场好买卖，齐来趋奉他。若是无钱悭吝的人，休想见着他每的影。那时南京城里没一个不晓得陈秀才的。陈秀才又吟得诗，作得赋，做人又极温存帮衬，合衏衏中姊妹，也没一个不喜欢陈秀才的。好不受用！好不快乐！果然是朝朝寒食，夜夜元宵。

光阴如隙驹，陈秀才风花雪月了七八年，将家私弄得干净快了。马氏每每苦劝，只是旧性不改，今日三，明日四，虽不比日前的松快容易，手头也还拼凑得来。又花费了半年把，如今却有些急迫了。马氏倒也看得透，道：『索性等他败完了，倒有个住场。』所以再不去劝他。陈秀才爆惯了脾胃，一时那里变得转？却是没银子使用，众人撺掇他写一纸文契，往那三山街开解铺的徽州卫朝奉处借银三百两。那朝奉又是一个爱财的魔君，终是陈秀才的名头还大，卫朝奉不怕他还不起，遂将三百银子借与，三分起息。陈秀才自将银子依旧去花费，不题。

却说那卫朝奉平素是个极刻薄之人。初到南京时，只是一个小小解铺，他却有百般的昧心取利之法。假如别人将东西去解时，他却把那九六七银子，充作纹银，又将小小的等子称出，还要欠几分兑头。后来赎时，却把大大的天平兑将进去，又要你找足兑头，又要你补勾成色，少一丝时，他则不发货。又或有将金银珠宝首饰来解的，他看得金子有十分成数，便一模二样，暗地里打造来换了；粗珠换了细珠，好宝换了低石。如此行事，不能细述。那陈秀才这三百两债务，卫朝奉有心要盘他这所庄房，等闲再不叫人来讨。巴巴的盘到了三年，本利却好一个对合了，卫朝奉便着人到陈家来索债。陈秀才那时已弄得瓮尽杯干，只得收了心，在家读书，见说卫家索债，心里没做理会处。只得三回五次回说：『不在家，待归时来讨。』又道是，怕见的是怪，难躲的是债。是这般回了几次，他家也自然不信了。卫朝奉逐日着人来催逼，陈秀才则不出头。卫朝奉只是着人上门坐守，甚至以浊语相加，陈秀才忍气吞声。

正是有钱神也怕，到得无钱鬼亦欺。
早知今日来忍辱，却悔当初大燥脾。

陈秀才吃搅不过，没极奈何，只得出来与那原中说道：『卫家那主银子，本利共该六百两，我如今一时间委实无所措置，隔湖这一所庄房，约值千余金之价，我意欲将来准与卫家，等卫朝奉找足我千金之数罢了。列位与我周全此事，自当相谢。』众人料道无银得还，只得应允了，去对卫朝奉说知。卫朝奉道：『我已曾在他家庄里看过。这所庄子怎便值得这一千银子？也亏他开这张大口。就是只准那六百两，我也还道过分了些，你们众位怎说这样话？』原中道：『朝奉，这座庄居，六百银子也不能勾得他。乘他此时窘迫之际，胡乱找他百把银子，准了他的庄，极是便宜。倘若有一个出钱主儿买了去，要这样美产就不能勾了。』卫朝奉听说，紫胀了面皮道：『当初是你每众人总承我这样好主顾，放债、放债，本利丝毫不曾见面，反又要我拿出银子来。我又不等屋住，要这所破落房子做甚么？若只是这六百两时，便认亏些准了；不然时，只将银子还我。』就叫伴当每随了原中去说。

众人一齐多到陈家来，细述了一遍，气得那陈秀才目睁口呆。却待要发话，实是自己做差了事，又没对付处银子，如何好与他争执？只得赔个笑面道：『若是千金不值时，便找勾了八百金也罢。当初创造时，实费了一千二三百金之数，今也论不得了。再烦列位去通小生的鄙意则个。』众人道：『难，难，难。方才我们只说得百把银子，卫朝奉兀自变了脸道：「我又不等屋住！若要找时，只是还我银子。」这般口气，相公却说个「八百两」三字，一万世也不成！』陈秀才又道：『财产重事，岂能一说便决？卫朝奉见头次索价太多，故作难色，今又减了二百之数，难道还有不愿之理？』众人吃央不过，只得又来对卫朝奉说了。卫朝奉也不答应，进起了面皮，竟走进去。唤了四五个伴当出来，对众人道：『朝奉叫我每陈家去讨银子，准房之事，不要说起了。』众人觉得没趣，只得又同了伴当到陈家来。众人也不回话，那几个伴当一片声道：『朝奉叫我们来坐在这里，等兑还了银子方去。』陈秀才听说，满面羞惭，敢怒而不敢言。只得对众人道：『可为我婉款了他家伴当回去，容我再作道理。』众人做歉做好，劝了他们回去，众人也各自散了。

陈秀才一肚皮的鸟气，没处出豁，走将进来，捶台拍凳，短叹长吁。马氏看了他这些光景，心下已自明白，故意道：『官人何不去花街柳陌，楚馆秦楼，畅饮酣酒，通宵遣兴？却在此处咨嗟愁闷，也觉得少些风月了。』陈秀才道：『娘子直恁地消遣小生，当初只为不听你的好言，忒看得钱财容易，致今日受那徽狗这般呕气。欲将那对湖庄房准与他，要他找我二百银子，叵耐他抵死不肯，只顾索债。又着数个伴当住在吾家坐守，亏得众人解劝了去，明早一定又来。难道我这所庄房止值得六百银子不成？如今却又没奈何了。』马氏道：『你当初撒漫时节，只道家中是那无底之仓，长流之水，上千的费用了去，谁知到得今日，要别人找这一二百银子却如此烦难。既是他不肯时，只索准与他罢了，闷做甚的？若像三年前时，再有几个庄子也准去了，何在乎这一个！』陈秀才被马氏数落一顿，嘿嘿无言。当夜心中不快，吃了些晚饭，洗了脚手睡了。又道是：欢娱嫌夜短，寂寞恨更长。陈秀才有这一件事在心上，翻来覆去，巴不到天明。及至五更鸡唱，身子困倦，朦胧思睡。只听得家僮三五次进来说道：『卫家来讨银子，一早起了。』陈秀才忍耐

不住，一骨碌扒将起来，请拢了众原中，写了一纸卖契：将某处庄卖到某处银六百两。将出来交与众人。众人不比昨日，欣然接了去，回复卫朝奉。陈秀才虽然气愤不过，却免了门头不清净，也只索罢了。那卫朝奉也不是不要庄房，也不是真要银子，见陈秀才十分窘迫，只是逼债，不怕那庄子不上他的手。如今陈秀才果然吃逼不过，只得将庄房准了。卫朝奉称心满意，已无话说。

却说那陈秀才自那准庄之后，心下好不懊恨，终日眉头不展，废寝忘餐。时常咬牙切齿道：『我若得志，必当报之！』马氏见他如此，说道：『不怨自己，反恨他人！别个有了银子，自然千方百计要寻出便益来，谁像你将了别人的银子用得落得，不知曾干了一节什么正经事务，平白地将这样美产贱送了！难道是别人央及你的不成？』陈秀才道：『事到如今，我岂不知自悔？但作过在前，悔之无及耳。』马氏道：『说得好听，怕口里不像心里，「自悔」两字，也是极难的。又道是：「败子若收心，犹如鬼变人。」这时节手头不足，只好缩了头坐在家里怨恨；有了一百二百银子，又好去风流撒漫起来。』陈秀才叹口气道：『娘子兀自不知我的心事！人非草木，岂得无知！我当初实是不知稼穑，被人鼓舞，朝歌暮乐，耗了家私。今已历尽凄凉，受人冷淡，还想着「风月」两字，真丧心之人了！』马氏道：『恁地说来，也还有些志气。我道你不到乌江心不死，今已到了乌江，这心原也该死了。我且问你，假若有了银子，你却待做些甚么？』陈秀才道：『若有银子，必先恢复了这庄居，羞辱那徽狗一番，出一口气。其外或开个铺子，或置些田地，随缘度日，以待成名，我之愿也。若得千金之资，也就勾了。却那里得这银子来？只好望梅止渴，画饼充饥。』说罢往桌上一拍，叹一口气。

马氏微微的笑道：『若果然依得这一段话时，想这千金有甚难处之事？』陈秀才见说得有些来历，连忙问道：『银子在那里？还是去与人挪借？还是去与朋友们结会？不然银子从何处来？』马氏又笑道：『若挪借时，又是一个卫朝奉了。世情看冷暖，人面逐高低。见你这般时势，那个朋友肯出银子与你结会？还是求着自家屋里，或者有些活路，也不可知。』陈秀才道：『自家屋里求着兀谁的是？莫非娘子有甚扶助小生之处？望乞娘子提掇，指点小生一条路头，真莫大之恩也！』马氏道：『你平时那一班同欢同赏、知音识趣的朋友，怎没一个来瞅睬你一瞅睬？元来今日原只好对着我说什么提掇也不提掇。我女流之辈，也没甚提掇你处。只要与你说一说过。』陈秀才道：『娘子有甚说话？任凭措置。』马氏道：『你如今当真收心务实了么？』陈秀才道：『娘子，怎还说这话？我陈珩若再向花柳从中着脚时，永远前程不吉，死于非命！』马氏道：『既恁地说时，我便赎这庄子还你。』说罢，取了钥匙直开到厢房里一条黑弄中，指着一个皮匣，对陈秀才道：『这些东西，你可将去赎庄；余下的，可原还我。』陈秀才喜自天来，却还有些半信不信，揭开看时，只见雪白的摆着银子，约有千余金之物。陈秀才看了，不觉掉下泪来。马氏道：『官人为何悲伤？』陈秀才道：『陈某不肖，将家私荡尽，赖我贤妻熬清淡守，积攒下诺多财物，使小生恢复故业，实是枉为男子，无地可自容矣！』马氏道：『官人既能改过自新，便是家门有幸。明日可便去赎取庄房，不必迟延了。』陈秀才当日欢喜无限，过了一夜。

次日，着人请过旧日这几个原中，去对卫朝奉说，要兑还六百银子，赎取庄房。卫朝奉却是得了便宜的，如何肯便与他赎？推说道：『当初准与我时，多是些败落房子，荒芜地基。我如今添造房屋，修理得锦锦簇簇，周回花木，栽植得整整齐齐。却便原是这六百银子赎了去，他倒安稳！若要赎时，如今当真要找足一千银子，便赎了去。』众人将此话回复了陈秀才。陈秀才道：『既是恁地，必须等我亲看一看，果然添造修理，估值几何，然后量找便了。』便同众人到庄里来，问说：『朝奉在么？』只见一个养娘说道：『朝奉却才解铺里去了。我家内眷在里面，官人们没事不进去罢。』众人道：『我们略在外边踏看一看不妨。』养娘放众人进去看了一遭，却见原只是这些旧屋，不过补得几块地板，筑得一两处漏点，修得三四根折栏杆，多是有数，看得见的，何曾添个甚么？陈秀才回来，对众人道：『庄居一无所增，如何却要我找银子？当初我将这庄子抵债，要他找得二百银子，他乘我手中窘迫，贪图产业，百般勒掯，上了他手，今日又要反找！将猫儿食拌猫儿饭，天理何在？我陈某当初软弱，今日不到得与他作弄。众人可将这六百银子交与他，教他出屋还我。只这等，他已得了三百两利钱了。』众人本自不敢去对卫朝奉说，却见陈秀才搬出好些银子，已自酥了半边，把那旧日的奉承腔子重整起来，都应道：『相公说的是，待小人们去说。』众人将了银子去交与卫朝奉。卫朝奉只说少，不肯收；却是说众人不过，只得权且收了，却只不说出屋日期。众人道他收了银子，大头已定，取了一纸收票来，回复了陈秀才，俱各散讫。

过了几日，陈秀才又着人去催促出房。卫朝奉却道：『必要找勾了修理改造的银子便去，不然时，决不搬出。』催了几次，只是如此推托。陈秀才愤恨之极，道：『这厮恁般恃强！若与他经官动府，虽是理上说我不过，未必处得畅快。慢慢地寻个计较处置他，不怕你不搬出去。当初呕了他的气，未曾泄得，他今日又来欺负人，此恨如何消得！』那时正是十月中旬天气，月明如昼，陈秀才偶然走出湖房上来步月，闲行了半晌。又道是无巧不成话，只见秦淮湖里上流头，黑洞洞混将一件物事来。陈秀才注目一看，吃了一惊。元来一个死尸，却是那扬子江中流入来的。那尸却好流近湖房边来，陈秀才正为着卫朝奉一事踌躇，默然自语道：『有计了！有计了！』便唤了家僮陈禄到来。

那陈禄是陈秀才极得用的人，为人忠直，陈秀才每事必与他商议。当时对他说道：『我受那卫家狗奴的气，无处出豁，他又不肯出屋还我，怎得个计较摆布他便好？』陈禄道：『便是官人也是富贵过来的人，又不是小家子，如何受这些狗蛮的气！我们看不过，常想与他性命相搏，替官人泄恨。』陈秀才道：『我而今有计在此，你须依着我，如此如此而行，自有重赏。』陈禄不胜之喜，道：『好计！好计！』唯唯从命，依计而行。当夜各自散了。

次日，陈禄穿了一身宽敞衣服，央了平日与主人家往来得好的陆三官做了媒人，引他望对湖去投靠卫朝奉。卫朝奉见他人物整齐，说话伶俐，收纳了，拨一间房与他歇落。叫他穿房入户使用，且是勤谨得用。过了月余，忽一日，卫朝奉早起寻陈禄叫他买柴，却见房门开着，看时不见在里面。到各处寻了一会，则不见他。又着人四处找寻，多回说不见。卫朝奉也不曾费了什么本钱在他身上，也不甚要紧。正要寻原媒来问他，只见陈秀才家三五个仆人到卫家说道：『我家一月前，逃走了一个人，叫做陈禄，闻得陆三官领来投靠你家。快叫他出来随我们去，不要藏匿过了。我家主见告着状哩！』卫朝奉道：『便是一月前一个人投靠我，也不晓得是你家的人。不知何故，前夜忽然逃去了，委实没这人在我家。』众人道：『岂有又逃的理？分明是你藏匿过了，哄骗我们。既不在时，除非等我们搜一搜看。』卫朝奉

托大道：『便由你们搜，搜不出时，吃我几个面光。』众人一拥入来，除了老鼠穴中不搜过。卫朝奉正待发作，只见众人发声喊道：『在这里了！』卫朝奉不知是甚事头，近前来看，元来在土松处翻出一条死人腿。卫朝奉惊得目睁口呆，众人一片声道：『已定是卫朝奉将我家这人杀害了，埋这腿在这里。去请我家相公到来，商量去出首。』

一个人慌忙去请了陈秀才到来。陈秀才大发雷霆，嚷道：『人命关天，怎便将我家人杀害了？不去府里出首，更待何时！』叫众人提了人腿便走。卫朝奉搭搭地抖着，拦住了道：『我的爷，委实我不曾谋害人命。』陈秀才道：『放屁！这个人腿那里来的？你只到官分辨去！』那富的人，怕的是见官，况是人命？只得求告道：『且慢慢商量，如今凭陈相公怎地处分，饶我到官罢！怎吃得这个没头官司？』陈秀才道：『当初图我产业，不肯找我银子的是你！今日占住房子，要我找价的也是你！恁般强横，今日又将我家人收留了，谋死了他！正好公报私仇，却饶不得！』卫朝奉道：『我的爷，是我不是。情愿出屋还相公。』陈秀才道：『你如何谎说添造房屋？你如今只将我这三百两利钱出来还我，修理庄居，写一纸伏辨与我，我们便净了口，将这只脚烧化了，此事便泯然无迹。不然时，今日天清日白，在你家里搜出人腿来，众目昭彰，一传出去，不到得轻放过了你。』卫朝奉冤屈无伸，却只要没事，只得写了伏辨，递与陈秀才。又逼他兑还三百银子，催他出屋。卫朝奉没奈何，连夜搬往三山街解铺中去。这里自将腿藏过了。陈秀才那一口气，方才消得。

你道卫家那人腿是那里的，元来陈秀才十月半步月之夜，偶见这死尸淌来，却叫家僮陈禄取下一条腿。次日只做陈禄去投靠卫家，却将那只腿悄地带入。乘他每不见，却将腿去埋在空处停当，依旧走了回家。这里只做去寻陈禄，将那人腿搜出，定要告官，他便慌张，没做理会处，只得出了屋去。又要他白送还这三百银子利钱，此陈秀才之妙计也。

陈秀才自此恢复了庄，便将余财十分作家，竟成富室。后亦举孝廉，不仕而终。陈禄走在外京多时，方才重到陈家来。卫朝奉有时撞着，情知中计，却是房契已还，当日一时急促中事，又没个把柄，无可中辨处。又毕竟不知人腿来历，到底怀着鬼胎，只得忍着罢了。这便是『陈秀才巧计赚原房』的话。有诗为证：

撒漫虽然会破家，欺贪克薄也难夸！
试看横事无端至，只为生平种毒赊。

第十六回

张溜儿熟布迷魂局　陆蕙娘立决到头缘

诗曰：

深机密械总徒然，诡计奸谋亦可怜。
赚得人亡家破日，还成捞月在空川。

话说世间最可恶的是拐子。世人但说是盗贼，便十分防备他。不知那拐子，便与他同行同止也识不出弄喧捣鬼，没形没影的做将出来，神仙也猜他不到，倒在怀里信他。直到事后晓得，已此追之不及了。这却不是出跳的贼精，隐然的强盗？

今说国朝万历十六年，浙江杭州府北门外一个居民，姓扈，年已望六。妈妈新亡，有两个儿子，两个媳妇，在家过活。那两个媳妇，俱生得有些颜色，且是孝敬公公。一日，爷儿三个多出去了，只留两个媳妇在家，闭上了门，自在里面做生活。那一日大雨淋漓，路上无人行走。日中时分，只听得外面有低低哭泣之声，十分凄惨悲咽，却是妇人声音。从日中哭起，直到日没，哭个不住。两个媳妇听了半日，忍耐不住，只得开门同去外边一看。正是：

闭门家里坐，祸从天上来。

若是说话的与他同时生，并肩长，便劈手扯住，不放他两个出去，纵有天大的事，也惹他不着。元来大凡妇人家，那闲事切不可管，动止最宜谨慎。丈夫在家时还好，若是不在时，只宜深闺静处，便自高枕无忧，若是轻易揽着个事头，必要缠出些不妙来。

那两个媳妇，当日不合开门出来，却见是一个中年婆娘，人物也到生得干净。两个见是个妇人，无甚妨碍，便动问道：『妈妈何来？为甚这般苦楚？可对我们说知则个。』那婆娘掩着眼泪道：『两位娘子听着：老妻在这城外乡间居住。老儿死了，止有一个儿子和媳妇。媳妇是个病块，儿子又十分不孝，动不动将老身骂詈。养赡又不周全，有一顿没一顿的。今日别口气，与我的兄弟相约了，去县里告他忤逆，他叫我前头先走，随后就来。谁想等了一日，竟不见到。雨又落得大，家里又不好回去，枉被儿子媳妇耻笑，左右两难。为此想起这般命苦，忍不住伤悲，不想惊动了两位娘子。多承两位娘子动问，不敢隐瞒，只得把家丑实告。』他两个见那婆娘说得苦恼，又说话小心，便道：『如此，且在我们家里坐一坐，等他来便了。』两个便扯了那婆子进去，说道：『妈妈宽坐一坐，等雨住了回去。自亲骨肉虽是一时有些不是处，只宜好好宽解，不可便经官动府，坏了和气，失了体面。』那婆娘道：『多谢两位相劝，老身且再耐他几时。』一递一句，说了一回，天色早黑将下来。婆娘又道：『天黑了，只不见来，独自回去不得，如何好？』两个又道：『妈妈，便在我家歇一夜，何妨？粗茶淡饭，便吃了餐把，那里便费了多少？』那婆娘道：『只是打搅不当。』那婆娘当时就裸起双袖，到灶下去烧火，又与他两人量了些米煮夜饭。揩台抹凳，担汤担水，一揽包收，多是他上前替力。两人道：『等媳妇们伏侍，甚么道理倒要妈妈费气力？』妈妈道：『在家里惯了，是做时便倒安乐，不做时便要困倦。娘子们但有事，任凭老身去做不妨。』当夜洗了手脚，就安排他两个睡了，那婆娘方自去睡。次日清早，又是那婆娘先起身来，烧热了汤，将昨夜剩下米煮了早饭，拂拭净了椅桌。力力碌碌，做了一朝，七了八当。两个媳妇起身，要东有东，要西有西，不费一毫手脚，便有七八分得意了。便两个商议道：『那妈妈且是熟分肯做，他在家里不像意，我们这里正少个人相帮。公公常说要娶个晚

婆婆，我每劝公公纳了他，岂不两便？只是未好与那妈妈启得齿。但只留着他，等公公来再处。』

不一日，爷儿三个回来了，见家里有这个妈妈，便问媳妇缘故。两个就把那婆娘家里的事，依他说了一遍。又道：『这妈妈且是和气，又十分勤谨。他已无了老儿，儿子又不孝，无所归了。可怜！可怜！』就把妯娌商量的见识，叫两个丈夫说与公公知道。扈老道：『知他是甚样人家？便好如此草草！且留他住几时看。』口里一时不好应承，见这婆娘干净，心里也欲得的。又过了两日，那老儿没搭煞，黑暗里已自和那婆娘摸上了。媳妇们看见了些动静，对丈夫道：『公公常是要娶婆婆，何不就与这妈妈成了这事？省得又去别寻头脑，费了银子。』儿子每也道：『说得是。』多去劝着父亲，媳妇们已自与那婆娘说通了，一让一个肯。摆个家筵席儿，欢欢喜喜，大家吃了几杯，两口儿成合。

过得两日，只见两个人问将来。一个说是妈妈的兄弟，一个说是妈妈的儿子，说道：『寻了好几日，方问得着是这里。』妈妈听见走出来，那儿子拜跪讨饶，兄弟也替他请罪。那妈妈怒色不解，千咒万骂。扈老从中好言劝开。兄弟与儿子又劝他回去。妈妈又骂儿子道：『我在这里吃口汤水，也是安乐的，倒回家里在你手中讨死吃？你看这家媳妇，待我如何孝顺？』儿子见说这话，已此晓得娘嫁了这老儿了。扈老便整酒留他两人吃。那儿子便拜扈老道：『你便是我继父了。我娘喜得终身有托，万千之幸。』别了自去。似此两三个月中，往来了几次。

忽一日，那儿子来说：『孙子明日行聘，请爹娘与哥嫂一门同去吃喜酒。』那妈妈回言道：『两位娘子怎好轻易就到我家去？我与你爷、两位哥哥同来便了。』次日，妈妈同他父子去吃了一日喜酒，欢欢喜喜，醉饱回家。又过了一个多月，只见这个孙子又来登门，说道：『明日毕姻，来请阖家尊长同观花烛。』又道：『是必求两位大娘同来光辉一光辉。』两个媳妇巴不得要认妈妈家里，还悔道前日不去得，赔下笑来应承。

次日盛妆了，随着翁妈丈夫一同到彼。那妈妈的媳妇出来接着，是一个黄瘦有病的。日将下午，那儿子请妈妈同媳妇迎亲，又要请两位嫂子同去。说道：『我们乡间风俗，是女眷都要去的。不然只道我们不敬重新亲。』妈妈对儿子道：『汝妻虽病，今日已做了婆婆了，只消自去，何必烦劳二位嫂子？』儿子道：『妻子病中，规模不雅，礼数不周，恐被来亲轻薄。两位嫂子既到此了，何惜往迎这片时？使我们好看许多。』妈妈道：『这也是。』那两个媳妇，也是巴不得去看看耍子的。妈妈就同他自己媳妇，四人作队儿，一伙下船去了。更余不见来，儿子道：『却又作怪！待我去看一看来。』又去一回，那孙子穿了新郎衣服，也说道：『公公宽坐，孙儿也出门望望去。』摇摇摆摆，踱了出来，只剩得爷儿三个在堂前灯下坐着。等候多时，再不见一个来了。肚里又饥，心下疑惑，两个儿子走进灶下看时，清灰冷火，全不像个做亲的人家。出来对父亲说了，拿了堂前之灯，到里面一照，房里空荡荡，并无一些箱笼衣衾之类，止有几张椅桌，空着在那里。心里大惊道：『如何这等？』要问邻舍时，夜深了，各家都关门闭户了。三人却像热地上蝼蚁，钻出钻入。

乱到天明，才问得个邻舍道：『他每一班何处去了？』邻人多说不知。又问：『这房子可是他家的？』邻人道：『是城中杨衙里的，五六月前，有这一家子来租他的住，不知做些甚么。你们是亲眷，来往了多番，怎么倒不晓得细底，却来问我们？』问了几家，一般说话。有个把有见识的道：『定是一伙大拐子，你们着了他道儿，把媳妇骗的去了。』父子三人见说，忙忙若丧家之狗，踉踉跄跄，跑回家去，分头去寻，那里有个去向？只得告了一纸状子，出个广捕，却是渺渺茫茫的事了。那扈老儿要娶晚婆，他道是白得的，十分便宜。谁知倒为这婆子白白里送了两个后生媳妇！这叫做『贪小失大』，所以为人切不可做那讨便宜苟且之事。正是：

莫信直中直，须防仁不仁。
贪看天上月，失却世间珍。

这话丢过一边。如今且说一个拐儿，拐了一世的人，倒后边反着了一个道儿。这本话，却是在浙江嘉兴府桐乡县内。有一秀才，姓沈名灿若，年可二十岁，是嘉兴有名才子。容貌魁峨，胸襟旷达。娶妻王氏，姿色非凡，颇称当对。家私丰裕，多亏那王氏守把。两个自道佳人才子，一双两好，端的是如鱼似水，如胶似漆价相得。只是王氏生来娇怯，恹恹弱病尝不离身的。灿若十二岁上进学，十五岁超增补廪，少年英锐，自恃才高一世，视一第何啻拾芥！平时与一班好朋友，或以诗酒娱心，或以山水纵目，放荡不羁。其中独有四个秀才，情好更笃。自古道：『惺惺惜惺惺，才子惜才子。』却是嘉善黄平之，秀水何澄，海盐乐尔嘉，同邑方昌，都一般儿你羡我爱，这多是同郡朋友。那本县知县姓嵇，单讳一个清字，常州江阴县人。平日敬重斯文，喜欢才士，也道灿若是个青云决科之器，与他认了师生，往来相好。是年正是大比之年，有了科举。灿若归来打叠衣装，上杭应试，与王氏话别。王氏挨着病躯，整顿了行李，眼中流泪道：『官人前程远大，早去早回。奴未知有福分能勾与你同享富贵与否？』灿若道：『娘子说那里话？你有病在身，我去后须十分保重！』也不觉掉下泪来。二人执手分别，王氏送出门外，望灿若不见，掩泪自进去了。

灿若一路行程，心下觉得不快。不一日，到了杭州，寻客店安下。匆匆的进过了三场，颇称得意。一日，灿若与众好朋友游了一日湖，大醉回来睡了。半夜，忽听得有人扣门，披衣而起。只见一人高冠敞袖，似是道家妆扮。灿若道：『先生夤夜至此，何以教我？』那人道：『贫道颇能望气，亦能断人阴阳祸福。偶从东南来此，暮夜无处投宿，因扣尊扃，多有惊动！』灿若道：『既先生投宿，便同榻何妨。先生既精推算，目下榜期在迩，幸将贱造推算，未知功名有分与否，愿决一言。』那人道：『不必推命，只须望气。观君丰格，功名不患无缘，但必须待尊阃天年之后，便得如意。我有二句诗，是君终身遭际，君切记之：鹏翼抟时歌六忆，鸾胶续处舞双凫。』灿若不解其意，方欲再问，外面猫儿捕鼠，扑地一响，灿若吃了一跳，却是南柯一梦。灿若道：『此梦甚是诧异！那道人分明说，待我荆妻亡故，功名方始称心。我情愿青衿没世也罢，割恩爱而博功名，非吾愿也。』两句诗又明明记得，翻来覆去睡不安稳。又道：『梦中言语，信他则甚！明日倘若榜上无名，作速回去了便是。』正想之际，只听得外面叫喊连天，锣声不绝，扯住讨赏，报灿若中了第三名经魁。灿若写了票，众人散讫。慌忙梳洗上轿，见座主会同年去了。那座师却正是本县嵇清知县，那时解元何澄，又是极相知的朋友。黄平之、乐尔嘉、方昌多已高录，俱各欢喜。灿若理了正事，天色傍晚，乘轿回寓。只见那店主赶着轿，慌慌的叫道：『沈相公，宅上有人到来，有紧急家信报知，候相公半日了。』灿若听了『紧急家信』四字，一个冲心，忽思量着梦中言语，却似十五个吊桶打水，七上八落。正是：

青龙白虎同行，吉凶全然未保。

到得店中下轿，见了家人沈文，穿一身素净衣服，便问道：『娘子在家安否？谁着你来寄信？』沈文道：『不好说得，是管家李公着寄信来。官人看书便是。』灿若接过书来，见书封筒逆封，心里有如刀割。拆开看罢，方知是王氏于二十六日身故，灿若惊得呆了。却似：

分开八片顶阳骨，倾下半桶雪水来。

半晌做声不得，蓦然倒地。众人唤醒，扶将起来。灿若咽住喉胧，千妻万妻的哭，哭得一店人无不流泪。道：『早知如此，就不来应试也罢，谁知便如此永诀了！』问沈文道：『娘子病重，缘何不早来对我说？』沈文道：『官人来后，娘子只是旧病恹恹，不为甚重。不想二十六日忽然晕倒不醒，为此星夜赶来报知。』灿若又哽咽了一回，疾忙叫沈文雇船回家去，也顾不得他事了。暗思一梦之奇，二十七日放榜，王氏却于二十六日间亡故，正应着那『鹏翼抟时歌六忆』这句诗了。

当时整备离店，行不多路，却遇着黄平之抬将来。二人又是同门，相见罢，黄平之道：『观兄容貌，十分悲惨，未知何故？』灿若噙着眼泪，将那得梦情由，与那放榜报丧，今赶回家之事，说了一遍。平之嗟叹不已道：『尊兄且自宁耐，毋得过伤。待小弟见座师，与众同袍为兄代言其事，兄自回去不妨。』两人别了。

灿若急急回来，进到里面，抚尸恸哭，几次哭得发昏。择时入殓已毕，停柩在堂。夜间灿若只在灵前相伴。不多时，过了三、四七。众朋友多来吊唁，就中便有说着会试一事的，灿若漠然不顾，道：『我多因这蜗角虚名，赚得我连理枝分，同心结解，如今就把一个会元撇在地下，我也无心去拾他了。』这是王氏初丧时的说话。转眼间，又过了断七。众亲友又相劝道：『尊阃既已夭逝，料无起死回生之理。兄在自灰其志，竟亦何益！况在家无聊，未免有孤栖之叹，同到京师，一则可以观景舒怀，二则众同袍剧谈竟日，可以解愠。岂可为无益之悲，误了终身大事？』灿若吃劝不过，道：『既承列位佳意，只得同走一遭。』那时就别了王氏之灵，嘱付李主管照管羹饭、香火，同了黄、何、方、乐四友登程，正是那十一月中旬光景。

五人夜住晓行，不则一日来到京师。终日成群挈队，诗歌笑傲，不时往花街柳陌，闲行遣兴。只有灿若没一人看得在眼里。韶华迅速，不觉的换了一个年头，又早上元节过，渐渐的桃香浪暖。那时黄榜动，选场开，五人进过了三场，人人得意，个个夸强。沈灿若始终心下不快，草草完事。过不多时揭晓，单单奚落了灿若，他也不在心上。黄、何、方、乐四人自去传胪，何澄是二甲，选了兵部主事，带了家眷在京。黄平之到是庶吉士，乐尔嘉选了太常博士，方昌选了行人。嵇清知县也行取做刑科给事中，各守其职不题。

灿若又游乐了多时回家，到了桐乡。灿若进得门来，在王氏灵前拜了两拜，哭了一场，备羹饭浇奠了。又隔了两月，请个地理先生，择地殡葬了王氏已讫，那时便渐渐有人来议亲。灿若自道是第一流人品，王氏恁地一个娇妻，兀自无缘消受，再那里寻得一个厮对的出来？必须是我目中亲见，果然像意，方才可议此事。以此多不着紧。

光阴似箭，日月如梭。有话即长，无话即短。却又过了三个年头，灿若又要上京应试，只恨着家里无人照顾。又道是『家无主，屋倒竖』。灿若自王氏亡后，日间用度，箸长碗短，十分的不像意，也思量道：『须是续弦一个掌家娘子方好。只恨无其配偶。』心中闷闷不已。仍把家事，且付与李主管照顾，收拾起程。那时正是八月间天道，金风乍转，时气新凉，正好行路。夜来皓魄当空，澄波万里，上下一碧。灿若

独酌无聊，触景伤怀，遂尔口占一曲：

露滴野塘秋，下帘笼不上钩，徒劳明月穿窗牖。鸳衾远去，孤身远游，浮槎怎得到阳台右？漫凝眸，空临皓魄，人不在月中留。——词寄《黄莺儿》

吟罢，痛饮一醉，舟中独寝。

话休絮烦，灿若行了二十余日，来到京中。在举厂东边，租了一个下处，安顿行李已好。一日同几个朋友到齐化门外饮酒。只见一个妇人，穿一身缟素衣服，乘着蹇驴，一个闲的，挑了食罍随着，恰像那里去上坟回来的。灿若看那妇人，生得：

敷粉太白，施朱太赤。加一分太长，减一分太短。十相具足，是风流占尽无余；一味温柔，差丝毫便不厮称！巧笑倩兮，笑得人魂灵颠倒；美目盼兮，盼得你心意痴迷。假使当时逢妒妇，也言『我见且犹怜』。

灿若见了此妇，却似顶门上丧了三魂，脚底下荡了七魄。他就撇了这些朋友，也雇了一个驴，一步步赶将去，呆呆的尾着那妇人只顾看。那妇人在驴背上，又只顾转一对秋波过来看那灿若。走上了里把路，到一个僻静去处，那妇人走进一家人家去了。灿若也下了驴，心下不舍，钉住了脚在门首呆看。看了一晌，不见那妇人出来。正没理会处，只见内里走出一个人来道：『相公只望门内观看，却是为何？』灿若道：『适才同路来，见个白衣小娘子走进此门去，不知这家是甚等人家？那娘子是何人？无个人来问问。』那人道：『此妇非别，乃舍表妹陆蕙娘，新近寡居在此，方才出去辞了夫墓，要来嫁人。小人正来与他作伐。』灿若道：『足下高姓大名？』那人道：『小人姓张，因为做事是件顺溜，为此人起一个混名，只叫小人张溜儿。』灿若道：『令表妹要嫁何等样人？肯嫁在外方去否？』溜儿道：『只要是读书人后生些的便好了，地方不论远近。』灿若道：『实不相瞒，小生是前科举人，来此会试。适见令表妹丰姿绝世，实切想慕，足下肯与作媒，必当重谢。』溜儿道：『这事不难，料我表妹见官人这一表人才，也决不推阻的，包办在小人身上，完成此举。』灿若大喜道：『既如此，就烦足下往彼一通此情。』在袖中摸出一锭银子，递与溜儿道：『些小薄物，聊表寸心。事成之后，再容重谢。』溜儿推逊了一回，随即接了。见他出钱爽快，料他囊底充饶，道：『相公，明日来讨回话。』灿若欢天喜地回下处去了。

次日，又到郊外那家门首来探消息，只见溜儿笑嘻嘻的走将来道：『相公喜事上头，恁地出门的早哩！昨日承相公分付，即便对表妹说知。俺妹子已自看上了相公，不须三回五次，只说着便成了。相公只去打点纳聘做亲便了。表妹是自家做主的，礼金不计论，但凭相公出得手罢了。』灿若依言，取三十两银子，折了衣饰送将过去，那家也不争多争少，就许定来日过门。

灿若看见事体容易，心里到有些疑惑起来。又想是北方再婚，说是鬼妻，所以如此相应。至日鼓吹打轿，到门迎接陆蕙娘。蕙娘上轿，到灿若下处来做亲。灿若灯下一看，正是前日相逢之人，不觉大喜过望，方才放下了心。拜了天地，吃了喜酒，众人俱各散讫。

两人进房，蕙娘只去椅上坐着。约莫一更时分，夜阑人静，灿若久旷之后，欲火燔灼，便开言道：『娘子请睡了罢。』蕙娘啭莺声吐燕语道：『你自先睡。』灿若只道蕙娘害羞，不去强他，且自先上了床，那里睡得着？又歇了半个更次，蕙娘兀自坐着。灿若只得又央及道：『娘子日来困倦，何不将息将息？只管独坐，是甚意思？』蕙

初刻拍案惊奇

娘又道：『你自睡。』口里一头说，眼睛却不转的看那灿若。灿若怕新来的逆了他意，依言又自睡了一会，又起来款款问道：『娘子为何不睡？』蕙娘又将灿若上上下下仔细看了一会，开口问道：『你京中有甚势要相识否？』灿若道：『小生交游最广，同袍、同年，无数在京，何论相识？』蕙娘道：『既如此，我而今当真嫁了你罢。』灿若道：『娘子又说得好笑。小生千里相遇，央媒纳聘，得与娘子成亲，如何到此际还说个当真当假？』蕙娘道：『官人有所不知，你却不晓得此处张溜儿是有名的拐子。妾身岂是他表妹？便是他浑家。为是妾身有几分姿色，故意叫妾赚人到门，他却只说是表妹寡居，要嫁人，就是他做媒。多有那慕色的，情愿聘娶妾身。他却不受重礼，只要哄得成交，就便送妾做亲。叫妾身只做害羞，不肯与人同睡，因不受人点污。到了次日，却合了一伙棍徒，图赖你奸骗良家女子，连人和箱笼尽抢将去。那些被赚之人，客中怕吃官司，只得忍气吞声，明受火囤，如此也不止一个了。前日妾身哭母墓而归，原非新寡。天杀的撞见官人，又把此计来使。妾每每自思，此岂终身道理？有朝一日惹出事来，并妾此身付之乌有。况以清白之身，暗地迎新送旧，虽无所染，情何以堪！几次劝取丈夫，他只不听。以此妾之私意，只要将计就计，倘然遇着知音，愿将此身许他，随他私奔了罢。今见官人态度非凡，抑且志诚软款，心实欣羡。但恐相从奔走，或被他找着，无人护卫，反受其累。今君既交游满京邸，愿以微躯托之官人。官人只可连夜便搬往别处好朋友家谨密所在去了，方才娶得妾安稳。此是妾身自媒以从官人，官人异日弗忘此情！』

灿若听罢，呆了半晌道：『多亏娘子不弃，见教小生。不然，几受其祸。』连忙开出门来，叫起家人，打叠行李。把自己喂养的一个蹇驴，驮了蕙娘。家人挑箱笼，自己步行。临出门，叫应主人道：『我们有急事回去了。』晓得何澄带家眷在京，连夜敲开他门，细将此事说与，把蕙娘与行李都寄在何澄寓所。那何澄房尽空阔，灿若也就一宅两院做了下处，不题。

却说张溜儿次日果然纠合了一伙破落户，前来抢人。只见空房开着，人影也无。忙问下处主人道：『昨日成亲的举人那里去了？』主人道：『相公连夜回去了。』众人各呆了一回，大家嚷道：『我们随路追去。』一哄的望张家湾乱奔去了。却是诺大所在，何处找寻？元来北京房子，惯是见租与人住，来来往往，主人不来管他东西去向，所以但是搬过了，再无处跟寻的。

灿若在何澄处看了两月书，又早是春榜动，选场开。灿若三场满志，正是专听春雷第一声，果然金榜题名，传胪三甲。灿若选了江阴知县，却是嵇清的父母。不一日领了凭，带了陆蕙娘起程赴任。却值方昌出差苏州，竟坐了他一只官船到任。陆蕙娘平白地做了知县夫人，这正是『鸾胶续处舞双凫』之验也。灿若后来做到开府而止。蕙娘生下一子，后亦登第。至今其族繁盛，有诗为证：

女侠堪夸陆蕙娘，能从萍水识檀郎。
巧机反借机来用，毕竟强中手更强。

第十七回

西山观设箓度亡魂　开封府备棺追活命

诗曰：

三教从来有道门，一般鼎足在乾坤。
只因装饰无殊异，容易埋名与俗浑。

说这道家一教，乃是李老君青牛出关，关尹文始真人恳请留下《道德真经》五千言，传流至今。这家教门，最上者冲虚清净，出有入无，超尘俗而上升，同天地而不老。其次者修真炼性，吐故纳新，筑坎离以延年，煮铅汞以济物。最下者行持符箓，役使鬼神，设章醮以通上界，建考召以达冥途。这家学问却是后汉张角，能作五里雾，人欲学他的，先要五斗米为贽见礼，故叫做『五斗米道』。后来其教盛行，那学了与民间祛妖除害的，便是正法；若是去为非作歹的，只叫得妖术。虽是邪正不同，却也是极灵验难得的。流传至今，以前两项高人，绝世不能得有，只是符箓这家，时时有人习学，颇有高妙的在内。却有一件作怪：学了这家术法，一些也胡乱做事不得了。尽有奉持不谨，反取其祸的。

这本话文，乃是宋时河南开封府，有个女人吴氏，十五岁嫁与本处刘家。所生一子，名唤刘达生。达生年十二岁上，父亲得病身亡。母亲吴氏，年纪未满三十，且是生得聪俊飘逸，早已做了个寡妇。上无公姑，下无族党，是他一个主持门户，守着儿子度日。因念亡夫恩义，思量做些斋醮功果超度他。本处有个西山观，乃是道流修真之所。内中有个道士，叫做黄妙修，符箓高妙，仪容俊雅，众人推他为知观。是日正在观中与人家书写文疏，忽见一个年小的妇人，穿着一身缟素，领了十二岁的孩子走进观来。俗话说得好：若要俏，带三分孝。那妇人本等生得姿容美丽，更兼这白衣白髻，越显得态度潇洒。早是在道观中，若是僧寺里，就要认做白衣送子观音出现了。走到黄知观面前，插烛也似拜了两拜。知观一眼瞅去，早已魂不附体，连忙答拜道：『何家宅眷？甚事来投？』妇人道：『小妾是刘门吴氏，因是丈夫新亡，欲求渡拔，故率领亲儿刘达生，母子虔诚，特求法师广施妙法，利济冥途。』黄知观听罢，便怀着一点不良之心，答道：『既是贤夫新亡求荐，家中必然设立孝堂。此须在孝堂内设箓行持，方有专功实际。若只在观中，大概附醮，未必十分得益。凭娘子心下如何？』吴氏道：『若得法师降临茅舍，此乃万千之幸！小妾母子不胜感激。回家收拾孝堂，专等法师则个。』知观道：『几时可到宅上？』吴氏道：『再过八日，就是亡夫百日之期。意要设建七日道场，须得明日起头，恰好至期为满。得法师侵早下降便好。』知观道：『一言已定，必不失期。明日准造宅上。』吴氏袖中取出银一两，先奉做纸札之费，别了回家，一面收拾打扫，专等来做法事。元来吴氏请醮荐夫，本是一点诚心，原无邪意。谁知黄知观是个色中饿鬼，观中一见吴氏姿容，与他说话时节，恨不得就与他做起光来。吴氏虽未就想到邪路上去，却见这知观丰姿出众，语言爽朗，也暗暗地喝采道：『好个齐整人物！如何却出了家？且喜他不装模样，见说做醮，便肯轻身出观，来到我家，也是个心热的人。』心里也就有几分欢喜了。

次日清早，黄知观领了两个年少道童，一个火工道人，挑了经箱卷轴之类，一径到吴氏家来。吴氏只为儿子达生年纪尚小，一切事务都是自家支持，与知观拜见了，进了孝堂。知观与同两个道童、火工道人，张挂三清众灵，铺设齐备，动起法器。免不得宣扬大概，启请、摄

召、放赦、招魂，闹了一回。吴氏出来上香朝圣，那知观一眼估定，越发卖弄精神。同两个道童齐声朗诵经典毕，起身执着意旨，跪在圣像面前毯上宣白，叫吴氏也一同跪着通诚。跪的所在，与吴氏差不得半尺多路。吴氏闻得知观身上、衣服扑鼻薰香，不觉偷眼瞧他。知观有些觉得，一头念着，一头也把眼回看。你觑我，我觑你，恨不得就移将拢来，搅作一团。念毕各起。吴氏又到各神将面前上香稽首，带眼看着道场。只见两个道童，黑发披肩，头戴着小冠，且是生得唇红齿白，清秀娇嫩。吴氏心里想道：『这些出家人到如此受用，这两个大起来，不知怎生标致哩！』自此动了一点欲火，按捺不住，只在堂中孝帘内频频偷看外边。元来人生最怕的是眼里火，一动了眼里火，随你左看右看，无不中心像意的。真是长有长妙，短有短强；壮的丰美，瘦的俊俏，无有不妙。况且妇人家阴性专一，看上了一个人，再心里打撇不下的。那吴氏在堂中把知观看了又看，只觉得风流可喜。他少年新寡，春心正盛，转一个念头，把个脸儿红了又白，白了又红。只在孝帘前踅来踅去，或露半面，或露全身，恰像要道士晓得他的意思一般。那黄知观本是有心的，岂有不觉？碍着是头一日来到，不敢就造次，只好眉梢眼角做些功夫，未能勾入港。那儿子刘达生未知事体，正好去看神看佛，弄钟弄鼓，那里晓得母亲这些关节？看看点上了灯，吃了晚斋，吴氏收拾了一间洁净廊房，与他师徒安歇。那知观打发了火工道人回观，自家同两个道童一床儿宿了，打点早晨起来朝真，不题。

却说吴氏自同儿子达生房里睡了。上得床来，心里想道：『此时那道士毕竟搂着两个标致小童，干那话儿了，我却独自个宿。』想了又想，阴中火发，着实难熬。噤了一噤，把牙齿咬得咯咯的响，出了一身汗。刚刚朦胧睡去，忽听得床前脚步响，抬头起看，只见一个人揭开帐子，飕的钻上床来。吴氏听得声音，却是日里的知观，轻轻道：『多蒙娘子秋波示意，小道敢不留心？趁此夜深人静，娘子作成好事则个。』就将黄瓜般一条玉茎塞将过去，吴氏并不推辞，慨然承受。正到酣畅之处，只见一个小道童，也揭开帐来寻师父，见师父干事兴头，喊道：『好内眷！如何偷出家人，做得好事！同我捉个头，便不声张。』就伸只手去吴氏腰里乱摸。知观喝道：『我在此，不得无礼！』吴氏被道士弄得爽快，正待要丢了，吃此一惊，飒然觉来，却是南柯一梦。把手摸摸阴门边，只见两腿俱湿，连席上多有了阴水，忙把手帕抹净，叹了一口气道：『好个梦！怎能勾如此侥幸？』一夜睡不安稳。

天明起来，外边钟鼓响，叫丫鬟担汤担水，出去伏侍道士。那两个道童倚着年小，也进孝堂来讨东讨西，看看熟分了。吴氏正在孝堂中坐着，只见一个道童进来讨茶吃。吴氏叫住问他道：『你叫甚么名字？』道童道：『小道叫做太清。』吴氏道：『那一位大些的？』道童道：『叫做太素。』吴氏道：『你两个昨夜那一个与师父做一头睡？』道童道：『一头睡，便怎么？』吴氏道：『只怕师父有些不老成。』道童嘻嘻的笑道：『这大娘到会取笑。』说罢，走了出去，把适间所言，私下对师父一一说了。不由这知观不动了心，想道：『说这般话的，定是有风情的。只是虽在孝堂中，相离咫尺，却分个内外，如何好大大撩拨他撩拨？』以心问心，忽然道：『有计了。』须臾，吴氏出来上香，知观一手拿着铃杵，一手执笏，急急走去并立着，口中唱着《浪淘沙》，词云：

稽首大罗天，法眷姻缘。如花玉貌正当年，帐冷帷空孤枕畔，枉自熬煎。
为此建斋筵，追荐心虔。亡魂超度意无牵。急到蓝桥来解渴，同做神仙。

这知观把此词朗诵，分明是打动他自荐之意。那吴氏听得，也解其意，微微笑道：『师父说话，如何夹七夹八？』知观道：『都是正经法门，当初前辈神仙遗下美话，做吾等榜样的。』吴氏老大明白，晓得知观有意于他了。进去剥了半碗细果，烧了一壶好清茶，叫丫鬟送出来与知观吃。分付丫鬟对知观说：『大娘送来与师父解渴的。』把这句话与知观词中之语，暗地照应，只当是写个『肯』字。知观听得，不胜之喜，不觉手之舞之，足之蹈之。那里还管甚么《灵宝道经》《紫霄秘箓》，一心只念的是风月机关、洞房春意。密叫道童打听吴氏卧房，见说与儿子同房歇宿，有丫鬟相伴，思量不好竟自闯得进去。

到晚来与两个道童上床宿了。一心想着吴氏日里光景，且把道童太清出出火气，弄得床板格格价响。搂着背脊，口里说道：『我的乖！我与你两个商量件事体，我看主人娘子，十分有意于我，若是弄得到手，连你们也带挈得些甜头不见得。只是内外隔绝，他房中有儿子，有丫鬟，我这里须有你两个不便，如何是好？』太清接口道：『我们须不妨事。』知观道：『他初起头，也要避生人眼目。』太素道：『我见孝堂中有张魂床，且是帐褥铺设得齐整。此处非内非外，正好做偷情之所。』知观道：『我的乖！说得有理，我明日有计了。』对他两个耳畔说道：『须是如此如此。』太清太素齐拍手道：『妙，妙！』说得动火，知观与太清完了事，弄得两个小伙子兴发难遏，没出豁，各放了一个手铳，一夜无词。

次日天早起来，与吴氏相见了。对吴氏道：『今日是斋坛第三日了。小道有法术摄召，可以致得尊夫亡魂来与娘子相会一番，娘子心下如何？』吴氏道：『若得如此，可知好哩！只不知法师要如何作用？』知观道：『须用白绢作一条桥在孝堂中，小道摄召亡魂渡桥来相会。却是只好留一个亲人守着，人多了阳气盛，便不得来。又须关着孝堂，勿令人窥视，泄了天机。』吴氏道：『亲人只有我与小儿两人。儿子小，不晓得甚么，就会他父亲也无干。奴家须是要会丈夫一面。待奴家在孝堂守着，看法师作用罢。』知观道：『如此最妙。』吴氏到里边箱子里，取出白绢二匹与知观。知观接绢在手，叫吴氏扯了一头，他扯了一头，量来量去，东折西折，只管与吴氏调眼色。交着手时，便轻轻把指头弹着手腕，吴氏也不做声。知观又指拨把台桌搭成一桥，恰好把孝堂路径塞住，外边就看帘里边不着了。知观出来分付两个道童道：『我闭着孝堂，召请亡魂，你两个须守着门，不可使外人窥看，破了法术。』两人心照，应声晓得了。吴氏也分付儿子与丫鬟道：『法师召请亡魂与我相会，要秘密寂静，你们只在房里，不可出来罗唣！』那儿子达生见说召得父亲魂，口里嚷道：『我也要见见爹爹。』吴氏道：『我的儿，法师说「生人多了，阳气盛，召请不来。」故此只好你母亲一个守灵。你要看不打紧，万一为此召不来，空成画饼。且等这番果然召得爹爹来，以后却教你相见便是。』吴氏心里也晓得知观必定是托故，有此蹊跷，把甜言美语稳住儿子，又寻好些果子与了他，把丫鬟同他反关住在房里了，出来进孝堂内坐着。

知观扑地把两扇门拴上了，假意把令牌在桌上敲了两敲，口里不知念了些甚么，笑嘻嘻对吴氏道：『请娘子魂床上坐着。只有一件，亡魂虽召得来，却不过依稀影响，似梦里一般，与娘子无益。』吴氏道：『但愿亡魂会面，一叙苦情，论甚有益无益！』知观道：『只好会面，不能勾与娘子重叙平日被窝的欢乐，所以说道无益。』吴氏道：『法师又来了，一个亡魂，只指望见见也勾了，如何说到此话？』知观道：『我有本事弄得来与娘子重欢重乐。』吴氏失惊道：『那有

这事？』知观道：『魂是空虚的，摄来附在小道身上，便好与娘子同欢乐了。』吴氏道：『亡魂是亡魂，法师是法师，这事如何替得？』知观道：『从来我们有这家法术，多少亡魂来附体相会的。』吴氏道：『却怎生好干这事？』知观道：『若有一些不像尊夫，凭娘子以后不信罢了。』吴氏骂道：『好巧言的贼道，倒会脱骗人！』知观便走去一把抱定，搀倒在魂床上，笑道：『我且权做尊夫一做。』吴氏此时已被引动了兴，两个就在魂床上面弄将起来：

一个玄门聪俊，少尝闺阁家风；一个空室娇姿，近旷衾裯事业。风雷号令，变做了握雨携云；冰蘖贞操，翻成了残花破蕊。满堂圣象，本属虚无；一脉亡魂，还归冥漠。喘着的，呼吸元精而不歇；耨着的，出入玄牝以无休。寂寂朝真，独鸟来时丹路滑；殷殷慕道，百花深处一僧归。个中味，真夸羡，玄之又玄；色里身，不耐烦，寡之又寡。

两个云雨才罢，真正弄得心满意足。知观对吴氏道：『比尊夫手段有差池否？』吴氏啐了一口道：『贼禽兽！羞答答的，只管提起这话做甚？』知观才谢道：『多承娘子不弃，小道粉身难报。』吴氏道：『我既被你哄了，如今只要相处得情长则个。』知观道：『我和你须认了姑舅兄妹，才好两下往来，瞒得众人过。』吴氏道：『这也有理。』知观道：『娘子今年尊庚？』吴氏道：『二十六岁了。』知观道：『小道长一岁，叨认做你的哥哥罢。我有道理。』爬起来，又把令牌敲了两敲，把门开了。对着两个道童道：『方才召请亡魂来，元来主人娘子是我的表妹，一向不晓得，倒是亡魂明白说出来的。问了详细，果然是。而今是至亲了。』道童笑嘻嘻道：『自然是至亲了。』吴氏也叫儿子出来，把适才道士捣鬼的说话，也如此学与儿子听了，道：『这是你父亲说的，你可过来认了舅舅。』那儿子小，晓得甚么好歹？此后依话只叫舅舅。

从此日日推说召魂，就弄这事。晚间，吴氏出来，道士进来，只把孝堂魂床为交欢之处，一发亲密了。那儿子但听说『召魂』，便道：『要见爹爹。』只哄他道：『你是阳人，见不得的。』儿子只得也罢了。心里却未免有些疑心道：『如何只却了我？』到了七昼夜，坛事已完，百日孝满。吴氏谢了他师徒三众，收了道场，暗地约了相会之期，且瞒生眼，到观去了。吴氏就把儿子送在义学堂中先生处，仍旧去读书，早晨出去，晚上回来。吴氏日里自有两个道童常来通信，或是知观自来，只等晚间儿子睡了，便开门放进来，恣行淫乐。只有丫鬟晓得风声，已自买嘱定了。如此三年，竟无间阻，不题。

且说刘达生年纪渐渐大了，情窦已开，这事情也有些落在眼里了。他少年聪慧，知书达礼，晓得母亲有这些手脚，心中常是忧闷，不敢说破。一日在书房里有同伴里头戏谑，称他是小道士，他脸儿通红。走回家来对母亲道：『有句话对娘说，这个舅舅不要他上门罢，有人叫儿子做小道士，须是被人笑话。』吴氏见说罢，两点红直从耳根背后透到满脸，把儿子凿了两个栗暴道：『小孩子不知事！舅舅须是为娘的哥哥，就往来谁人管得？那个天杀的对你讲这话？等娘寻着他，骂他一个不歇！』达生道：『前年未做道场时，不曾见说有这个舅舅。就果是舅舅，娘只是与他兄妹相处，外人如何有得说话？』吴氏见道着真话，大怒道：『好儿子！几口气养得你这等大，你听了外人的说话，嘲拨母亲，养这忤逆的做甚！』反敲台拍凳哭将起来。达生慌了，跪在娘面前道：『是儿子不是了，娘饶恕则个！』吴氏见他讨饶，便住了哭道：『今后切不可听人乱话。』达生忍气吞声，不敢再说。心里想道：『我娘如此口强，须是捉破了他，方得杜绝。我且冷眼张他

则个。』

一夜人静后，达生在娘房睡了一觉，醒来，只听得房门响，似有人走了出去的模样。他是有心的，轻轻披了衣裳，走起来张着，只见房门开了，料道是娘又去做歹勾当了。转身到娘床里一摸，果然不见了娘。他也不出来寻，心生一计，就把房门闩好，又掇张桌子顶住了，自上床去睡觉。元来是夜吴氏正约了知观黄昏后来，堂中灵座已除，专为要做这勾当，床仍铺着，这所在反加些围屏，围得紧簇。知观先在里头睡好了，吴氏却开了门出来就他，两个颠鸾倒凤，弄这一夜。到得天色将明，起来放了他出去，回进房来。每常如此放肆惯了，不以为意。谁知这夜走到房前，却见房门关好，推着不开，晓得是儿子知风，老大没趣。呆呆坐着，等他天亮，默默的咬牙切齿的恨气，却无说处。直到天大明了，达生起来开了门，见了娘，故意失惊道：『娘如何反在房门外坐着？』吴氏只得说个谎道：『昨夜外边脚步响，恐怕有贼，所以开门出来看看。你却如何把门关了？』达生道：『我也见门开了，恐怕有贼，所以把门关好了，又顶得牢牢的。只道娘在床上睡着，如何反在门外？既然娘在外边，如何不叫开了门？却坐在这里这一夜，是甚意思？』吴氏见他说了，自想一想，无言可答，只得罢了。心里想道：『这个孽种，须留他在房里不得了。』

忽然一日对他说道：『你年纪长成，与娘同房睡，有些不雅相。堂中这张床铺得好好的，你今夜在堂中睡罢。』吴氏意思打发了他出来，此后知观来，只须留在房里，一发安稳像意了。谁知这儿子是个乖觉的，点头会意，就晓得其中就里。一面应承，日里仍到书房中去，晚来自在堂中睡了，越加留心察听。其日，道童来到，吴氏叫他回去说前夜被儿子关在门外的事，又说：『因此打发儿子另睡，今夜来只须小门进来，竟到房中。』到夜知观来了。达生虽在堂中，却不去睡，各处挨着看动静。只听得小门响，达生躲在黑影里头，看得明白，晓得是知观进门了。随后丫鬟关好了门，竟进吴氏房中，掩上了门睡了。达生心里想道：『娘的奸事，我做儿子的不好捉得，只去吵他个不安静罢了。』过了一会，听得房里已静，连忙寻一条大索，把那房门扣得紧紧的。心里想道：『眼见得这门拽不开，贼道出去不得了，必在窗里跳出，我且蒿恼他则个。』走到庭前去掇一个尿桶，一个半破了的屎缸，量着跳下的所在摆着，自却去堂里睡了。那知观淫荡了一夜，听见鸡啼了两番，恐怕天明，披衣走出，把房门拽了又拽，再拽不开。不免叫与吴氏知道，吴氏自家也来帮拽，只拽得门响，门外似有甚么缚住的。吴氏道：『却又作怪，莫不是这小孽畜又来弄手脚？既然拽不开，且开窗出去了，明早再处。而今看看天亮，迟不得了。』知观朦胧着两眼，走来开了窗，扑的跳下来。只听得扑通的一响，一只右脚早踹在尿桶里了，这一只左脚，做不得力，头轻脚重，又踩在屎缸里。忙抽起右脚待走，尿桶却深，那时着了慌，连尿桶绊倒了，一交跌去，尿屎污了半身，嘴唇也磕绽了。却不敢高声，忍着痛，掩着鼻，急急走去，开了小门，一道烟走了。

吴氏看见拽门不开，已自苦恼，及至开窗出去了，又听得这劈扑之响，有些疑心。自家走到窗前看时，此时天色尚黑，但只满鼻闻得些臭气，正不知是甚么缘故。别着一肚闷气，又上床睡去了。达生直等天大明了，起来到房门前，仍把绳索解去。看那窗前时，满地尿屎，桶也倒了。肚里又气，又忍不住好笑。趁着娘未醒，他不顾污秽，轻轻把屎缸、尿桶多搬过了。又一会吴氏起来开门，却又一开就是，反疑心夜里为何开不得，想是性急了些。及至走到窗前，只见满地多是尿屎，一

路到门，是湿印的鞋迹。叫儿子达生来问道：『这窗前尿屎是那里来的？』达生道：『不知道。但看这一路湿印，多是男人鞋迹，想来是个人，急出这些尿屎来的。』吴氏对口无言，脸儿红了又白，不好回得一句，着实忿恨。自此怪煞了这儿子，一似眼中之钉，恨不得即时拔去了。

却说那夜黄知观吃了这一场亏，香喷喷一身衣服，没一件不污秽了。闷闷在观中洗净整治，又是嘴唇跌坏，有好几日不到刘家来走。吴氏一肚子恼恨，正要见他分诉商量，却不见到来，又想又气。一日，知观叫道童太素来问信。吴氏对他道：『你师父想是着了恼不来？』太素道：『怕你家小官人利害，故此躲避几日。』吴氏道：『他日里在学堂中，到不如日间请你师父过来商量句话。』那太素是个十八九岁的人，晓得吴氏这些行径，也自丢眉丢眼来挑吴氏道：『十分师父不得工夫，小道童权替遭儿也使得。』吴氏道：『小奴才！你也来调戏我，我对你师父说了，打你下截。』太素笑道：『我的下截须与大娘下截一般，师父要用的，料舍不得打。』吴氏道：『没廉耻小奴才，亏你说！』吴氏一了见他标致，动火久了，只是还嫌他小些，而今却长得好了，见他说风话，不觉有意，便一手勾他拢来做一个嘴，伸手去摸，太素此物翘然，却待要扯到床上干那话儿，不匡黄知观见太素不来，又叫太清来寻他，到堂中叫唤。太素听声音，恐怕师父知道嗔怪，慌忙住了手，冲散了好事。两个同到观中，回了师父。

次日，果然知观日间到刘家来。吴氏关了大门，接进堂中坐了，问道：『如何那夜一去了再无消息，直到昨日才着道童过来？』知观道：『你家儿子刁钻异常，他日渐渐长大，好不利害！我和你往来不便，这件事弄不成了。』吴氏正贪着与道士往来，连那两个标致小道童一鼓而擒之，却见说了这话，心里怫然，便道：『我无尊人拘管，只碍得这个小业畜！不问怎的，结果了他，等我自由自在。这几番我也忍不过他的气了。』知观道：『是你亲生儿子，怎舍得结果他？』吴氏道：『亲生的正在乎知疼着热，才是儿子。却如此拗别搅吵，何如没有他到干净！』知观道：『这须是你自家发得心尽，我们不好撺掇得，恐有后悔。』吴氏道：『我且再耐他一两日，你今夜且放心前来快活。就是他有些知觉，也顾不得他，随他罢了。他须没本事奈何得我！』你一句，我一句，说了大半日话，知观方去，等夜间再来。

这日达生那馆中先生要归去，散学得早。路上撞见知观走来，料是在他家里出来，早上了心。却当面勉强叫声『舅舅』，作了个揖。知观见了，一个忡心，还了一礼，不讲话，竟去了。达生心里想道：『是前日这番，好两夜没动静。今日又到我家，今夜必然有事。我不好屡次捉破，只好防他罢了。』一路回到家里。吴氏问道：『今日如何归得恁早？』达生道：『先生回家了，我须有好几日不消馆中去得。』吴氏心里暗暗不悦，勉强问道：『你可要些点心吃？』达生道：『我正要点心吃了睡觉去，连日先生要去，积攒读书辛苦，今夜图早睡些个。』吴氏见说此句，便有些像意了，叫他去吃了些点心。果然达生到堂中床里，一觉睡了。吴氏暗暗地放了心，安排晚饭自吃了。收拾停当，暂且歇息。叫丫鬟要半掩了门，专等知观来。谁知达生假意推睡，听见人静了，却轻轻走起来。前后门边一看，只见前门锁着，腰门从内关着。他撬开了，走到后边小门一看，只见门半掩着不关，他就轻轻把栓栓了，掇张凳子紧紧在旁边坐地。坐了更余，只听得外边推门响，又不敢重用力，或时把指头弹两弹。达生只不做声，看他怎地。忽对门缝里低言道：『我来了，如何却关着？可开开。』达生听得明白，假意插着口气道：『今夜来不得了，回去罢，莫惹是非！』从此不听见外边声息了。吴氏在房里悬悬盼望偷期，欲心如火，见更余无动静，只得叫丫鬟到小门边看看。丫鬟走来黑处，一把摸着达生，吓了一跳。达生厉声道：『好贼妇！此时走到门边来，做甚勾当？』惊得丫鬟失声而走，进去对吴氏道：『法师不见来，倒是小官人坐在那里，几乎惊杀！』吴氏道：『这小业畜一发可恨了！他如何又使此心机，来搅破我事？』磨拳擦掌的气，却待发作，又是自家理短，只得忍耐着。又恐怕失了知观期约，使他空返，彷徨不宁，那里得睡？

达生见半晌无声息，晓得去已久了，方才自上床去睡了。吴氏再叫丫鬟打听，说：『小官人已不在门口了。』寂地开出外边，走到街上，东张西望，那里得有个人？回复了吴氏。吴氏倍加扫兴，忿怒不已，眼不交睫，直至天明。见了达生，不觉发话道：『小孩子家晚间不睡，坐在后门口做甚？』达生道：『又不做甚歹事，坐坐何妨？』吴氏胀得面皮通红，骂道：『小杀才！难道我又做甚歹事不成！』达生道：『谁说娘做歹事？只是夜深无事，儿子便关上了门，坐着看看，不为大错。』吴氏只好肚里恨，却说他不过，只得强口道：『娘不到得逃走了，谁要你如此监守？』含着一把眼泪，进房去了，再待等个道童来问这夜的消息。却是这日达生不到学堂中去，只在堂前摊本书儿看着，又或时前后行走。看见道童太清走进来，就拦住道：『有何事到此？』太清道：『要见大娘子。』达生道：『有话我替你传说。』吴氏里头听得声音，知是道童，连忙叫丫鬟唤进。怎当得达生一同跟了进去，不走开一步。太清不好说得一句私话，只大略道：『师父问大娘子、小官人的安。』达生接口道：『都是安的，不劳记念！请回罢了。』太清无奈，四目相觑，快快走出去了。吴氏越加恨毒。从此一连十来日，没处通音耗。又一日，同窗伴伙传言来道：『先生已到馆。』达生辞了母亲，又到书堂中去了。吴氏只当接得九重天上赦书。

元来太清、太素两个道童，不但为师父传情，自家也指望些滋味，时常穿梭也似在门首往来探听的。前日吃了达生这场淡，打听他在家，便不进来。这日达生出去，吴氏正要传信，太清也来了。吴氏经过儿子几番道儿，也该晓得谨慎些，只是色胆迷天，又欺他年小，全不照顾。又约他：『叫知观今夜到来，反要在大门里来，他不防备的。只是要夜深些。』期约已定。达生回家已此晚了，同娘吃了夜饭。吴氏领了丫鬟，故意点了火，把前后门关锁好了，叫达生去睡，他自进房去了。达生心疑道：『今日我不在家，今夜必有勾当，如何反肯把门关锁？也只是要我不疑心。我且不要睡着，必有缘故。』坐到夜深，悄自走去看看，腰门掩着不拴，后门原自关好上锁的。达生想道：『今夜必在前边来了。』闪出堂前，黑影里蹲着看时，星光微亮，只见母亲同丫鬟走将出来，母亲立住中堂门首，意是防着达生。丫鬟走去门边听听，只听得弹指响，轻轻将锁开了，拽开半边门。一个人早闪将入来，丫鬟随关好了门。三个人做一块，侮手侮脚的走了进去。达生连忙开了大门，就把挂在门内警夜的锣捞在手里，筛得一片价响，口中大喊『有贼』。元来开封地方，系是京都旷远，广有偷贼，所以官司立令，每家门内各置一锣，但一家有贼，筛得锣响，十家俱起救护，如有失事，连坐赔偿，最是严紧的。这里知观正待进房，只听得本家门首锣响，晓得不尴尬，惊得魂不附体，也不及开一句口，掇转身往外就走。去开小门时，是夜却是锁了的。急望大门奔出，且喜大门开的，恨不得多生两只脚跑。达生也只是赶他，怕娘面上不好看，原无意捉住他。见他奔得慌张，却去拾起一块石头，尽力打将去，正打在腿上。把

腿一缩，一只履鞋，早脱掉了。那里还有工夫敢来拾取，拖了袜子走了。比及有邻人走起来问，达生只回说：『贼已逃去了。』带了一只履鞋，仍旧关了门进来。

这吴氏正待与知观欢会，吃那一惊也不小，同丫鬟两个抖做了一团。只见锣声已息，大门已关，料道知观已去，略略放心。达生故意走进来问道：『方才赶贼，娘受惊否？』吴氏道：『贼在那里？如此大惊小怪！』达生把这只鞋提了，道：『贼拿不着，拿得一只鞋在此，明日须认得出。』吴氏已知儿子故意吵破的，愈加急恨，又不好说得他。此后，知观不敢来了，吴氏想着他受惊，好生过意不去。又恨着儿子，要商量计较摆布他。却提防着儿子，也不敢再约他来。

过了两日，却是亡夫忌辰。吴氏心生一计，对达生道：『你可先将纸钱到你爹坟上打扫，我随后备着羹饭，抬了轿就来。』达生心里想道：『忌辰何必到坟上去？且何必先要我去？此必是先打发了我出门，自家私下到观里去。我且应允，不要说破。』达生一面对娘道：『这等，儿子自先去，在那里等候便是。』口里如此说了，一径出门，却不走坟上，一直望西山观里来了。走进观中，黄知观见了，吃了一惊。你道为何？还是那夜吓坏了的。定了性，问道：『贤甥何故到此？』达生道：『家母就来。』知观心里怀着鬼胎道：『他母子两个几时做了一路？若果然他要来，岂叫儿子先到？这事又蹊跷了。』似信不信的，只见观门外一乘轿来，抬到跟前下了，正是刘家吴氏。才走出轿，猛抬头，只见儿子站在面前，道：『娘也来了。』吴氏那一惊，又出不意，心里道：『这冤家如何先在此？』只得捣个鬼道：『我想今日是父亲忌日，必得符箓超拔，故此到观中见你舅舅。』达生道：『儿子也是这般想，忌日上坟无干，不如来央舅舅的好，所以先来了。』吴氏好生怀恨，却没奈他何。知观也免不得陪茶陪水，假意儿写两道符箓，通个意旨，烧化了，却不便做甚手脚。乱了一回，吴氏要打发儿子先去，达生不肯道：『我只是随着娘轿走。』吴氏不得已，只得上了轿去了。枉奔波了一番，一句话也不说得。在轿里一步一恨，这番决意要断送儿子了。

那轿走得快，达生终是年纪小，赶不上，又肚里要出恭，他心里道：『前面不过家去的路，料无别事，也不必跟随得。』就住在后面了。也是合当有事，只见道童太素在前面走将来，吴氏轿中看见了，问轿夫道：『我家小官人在后面么？』轿夫道：『跟不上，还在后头，望去不见。』吴氏大喜，便叫太素到轿边来，轻轻说道：『今夜我用计遣开了我家小业畜，是必要你师父来商量一件大事则个。』太素道：『师父受惊多次，不敢进大娘的门了。』吴氏道：『若是如此，今夜且不要进门，只在门外，以抛砖为号，我出来门边相会说话了，再看光景进门，万无一失。』又与太素丢个眼色。太素眼中出火，恨不得就在草地里做半点儿事，只碍着轿夫。吴氏又附耳叮嘱道：『你夜间也来，管你有好处。』太素颠头耸脑的去了。

吴氏先到家中，打发了轿夫。达生也来了。天色将晚，吴氏是夜备了些酒果，在自己房中，叫儿子同吃夜饭，好言安慰他道：『我的儿，你爹死了，我只看得你一个。你何苦凡事与我别强？』达生道：『专为爹死了，娘须立个主意，撑持门面，做儿子的敢不依从？只为外边人有这些言三语四，儿子所以不伏气。』吴氏回嗔作喜道：『不瞒你说，我当日实是年纪后生，有了些不老成，故见得外边造出作业的话来，今年已三十来了，懊悔前事无及。如今立定主意，只守着你清净过日罢。』达生见娘是悔过的说话，便堆着笑道：『若得娘如此，儿子终身有幸。』

吴氏满斟一杯酒与达生道：『你不怪娘，须满饮此杯。』达生吃了一惊，想道：『莫不娘怀着不好意，把这杯酒毒我？』接在手，不敢饮。吴氏见他沉吟，晓得他疑心，便道：『难道做娘的有甚歹意不成？』接他的酒来，一饮而尽。达生知是疑心差了，好生过意不去，连把壶来自斟道：『该罚儿子的酒。』一连吃了两三杯。吴氏道：『我今已自悔，故与你说过。你若体娘的心，不把从前事体记怀，你陪娘吃个尽兴。』达生见娘如此说话，心里也喜欢，斟了就吃，不敢推托。元来吴氏吃得酒，达生年小吃不得多，所以吴氏有意把他灌醉，已此呵欠连天，只思倒头去睡了。吴氏又灌了他几杯，达生只觉天旋地转，支持不得。吴氏叫丫头扶他在自己床上睡了。出来把门上了锁，口里道：『惭愧！也有日着了我的道儿！』

正出来静等外边消息，只听得屋上瓦响，晓得是外边抛砖进来，连忙叫丫鬟开了后门。只见太素走进来道：『师父在前门外，不敢进来，大娘出去则个。』吴氏叫丫鬟看守定了房门，与太素暗中走到前边来。太素将吴氏一抱，吴氏回转身抱着道：『小奴才！我有意久了。前日不曾成得事，今且先勾了帐。』就同他走到儿子平日睡的堂前空床里头，云雨起来：

一个是未试的真阳，一个是惯偷的老手。新簇簇小伙，偏是这一番极景堪贪；老辣辣淫精，更有那十分骚风自快。这里小和尚且冲头水阵，由他老道士拾取下风香。

事毕，整整衣服，两个同走出来，开了前门。果然知观在门外，呆呆立着等候。

吴氏走出来叫他进去，知观迟疑不肯。吴氏道：『小业畜已醉倒在我房里了。我正要与你算计，趁此时了帐他，快进来商量。』知观一边随了进来，一边道：『使不得！亲生儿子，你怎下得了帐他？』吴氏道：『为了你，说不得！况且受他的气不过了！』知观道：『就是做了这事，有人晓得，后患不小。』吴氏道：『我是他亲生母，就是故杀了他，没甚大罪。』知观道：『我与你的事，须有人晓得。若摆布了儿子，你不过是「故杀子孙」，倘有对头根究到我同谋，我须偿他命去。』吴氏道：『若如此怕事，留着他没收场，怎得像意？』知观道：『何不讨一房媳妇与他？我们同弄他在混水里头一搅，他便做不得硬汉，管不得你了。』吴氏道：『一发使不得。娶来的未知心性如何，倘不与我同心合意，反又多了一个做眼的了，更是不便。只是除了他的是高见。没有了他，我虽是不好嫁得你出家人，只是认做兄妹往来，谁禁得我？这便可以日久岁长的了。』知观道：『若如此，我有一计。当官做罢。』吴氏道：『怎的计较？』知观道：『此间开封官府，平日最恨的是忤逆之子，告着的，不是打死，便是问重罪坐牢。你如今只一状，告他不孝，他须没处辨！你是亲生的，又不是前亲晚后，自然是你说得话是，别无疑端。就不得他打死，等他坐坐监，也就性急不得出来，省了许多碍眼。况且你若舍得他，执意要打死，官府也无有不依做娘的说话的。』吴氏道：『倘若小业畜极了，说出这些事情来，怎好？』知观道：『做儿子怎好执得娘的奸？他若说到那些话头，你便说是儿子不才，污口横蔑。官府一发怪是真不孝了，谁肯信他？况且捉奸捉双，我和你又无实迹凭据，随他说长说短，官府不过道是拦词抵辨，决不反为了儿子究问娘奸情的。这决然可以放心！』吴氏道：『今日我叫他去上父坟，他却不去，反到观里来。只这件不肯拜父坟，便是一不孝实迹，就好坐他了。只是要瞒着他做。』知观道：『他在你身边，不好弄手脚。我与衙门人厮熟，我等暗投文时，设法准了状，差了人径来

初刻拍案惊奇

拿他。那时你才出头折证，神鬼不觉。」吴氏道：「必如此方停当。只是我儿子死后，你须至诚待我，凡事要像我意才好。倘若有些好歹，却不枉送了亲生儿子？」知观道：「你要如何像意？」吴氏道：「我夜夜须要同睡，不得独宿。」知观道：「我观中还有别事，怎能勾夜夜来得？」吴氏道：「你没工夫，随分着个徒弟来相伴，我耐不得独自寂寞。」知观道：「这个依得，我两个徒弟都是我的心腹，极是知趣的。你看得上，不要说叫他来相伴，就是我来时节，两三个混做一团，通同取乐，岂不妙哉！」吴氏见说，淫兴勃发，就同到堂中床上，极意舞弄了一回，娇声细语道：「我为你这冤家，儿子都舍了，不要忘了我。」知观罚誓道：「若负了此情，死后不得棺殓。」知观弄了一火，已觉倦怠。吴氏兴还未尽，对知观道：「何不就叫太素来试试？」知观道：「最妙。」知观走起来，轻轻拽了太素的手道：「吴大娘叫你。」太素走到床边，知观道：「快上床去相伴大娘。」那太素虽然已干过了一次，他是后生，岂怕再举？托地跳将上去又弄起来。知观坐在床沿上道：「作成你这样好处。」却不知己是第二番了。吴氏一时应付两个，才觉心满意足，对知观道：「今后我没了这小业种，此等乐事可以长做，再无拘碍了。」

事毕，恐怕儿子酒醒，打发他两个且去：「明后日专等消息，万勿有误！」千叮万嘱了，送出门去。知观前行，吴氏又与太素捻手捻脚的，暗中抱了一抱，又做了一个嘴，方才放了去，关了门进来。丫鬟还在房门口坐着打盹，开进房时，儿子兀自未醒，他自到堂中床里睡了。明日达生起来，见在娘床里，吃了一惊道：「我昨夜直恁吃得醉！」细思娘昨夜的话，不知是真是假，莫不乘着我醉，又做别事了？」吴氏见了达生，有心与他寻事，骂道：「你嗑醉了，不知好歹，倒在我床里了，却叫我一夜没处安身。」达生甚是过意不去，不敢回答。

又过了一日，忽然清早时分，有人在外敲得门响，且是声高。达生疑心，开了门，只见两个公人一拥入来，把条绳子望达生脖子上就套。达生惊道：「上下，为甚么事？」公人骂道：「该死的杀囚，你家娘告了你不孝，见官便要打死的。还问是甚么事！」达生慌了，哭将起来道：「容我见娘一面。」公人道：「你娘少不得也要到官的。」就着一个押了进去。吴氏听见敲门，又闻得堂前嚷起，儿子哭声，已知是这事了，急走出来。达生抱住哭道：「娘，儿子虽不好，也是娘生下来的，如何下得此毒手？」吴氏道：「谁叫你凡事逆我，也叫你看看我的手段！」达生道：「儿子那件逆了母亲？」吴氏道：「只前日叫你去拜父坟，你如何不肯去？」达生道：「娘也不曾去，怎怪得儿子？」公人不知就里，在旁边插嘴道：「拜爹坟，是你该去，怎么推得娘？我们只说是前亲晚后，今见说是亲生的，必然是你不孝。没得说，快去见官。」就同了吴氏，一齐拖到开封府来。正值府尹李杰升堂。

那府尹是个极廉明聪察的人，他生平最怪的是忤逆人。见是不孝状词，人犯带到，作了怒色待他。及到跟前，却是十五六岁的孩子。心里疑道：「这小小年纪，如何行径，就惹得娘告不孝？」敲着气拍问道：「你娘告你不孝，是何理说？」达生道：「小的年纪虽小，也读了几行书，岂敢不孝父母？只是生来不幸，既亡了父亲，又失了母亲之欢，以致兴词告状，即此就是小的罪大恶极！凭老爷打死，以安母亲，小的别无可理说。」说罢，泪如雨下。府尹听说了这一篇，不觉恻然，心里想道：「这个儿子会说这样话的，岂是个不孝之辈？必有缘故。」又想道：「或者是个乖巧会说话的，也未可知。」随唤吴氏，只见吴氏头兜着手帕，袅袅婷婷走将上来，揭去了帕。府尹叫抬起头来，见是后生妇人，又有几分颜色，先自有些疑心了，且问道：「你儿子怎么样不孝？」吴氏道：「小妇人丈夫亡故，他就不由小妇人管束，凡事自做自主。小妇人开口说他，便自恶言怒骂。小妇人道是孩子家，不与他一般见识。而今日甚一日，管他不下，所以只得请官法处治。」府尹又问达生道：「你娘如此说你，你有何分辨？」达生道：「小的怎敢与母亲辨？母亲说的就是了。」府尹道：「莫不你母亲有甚偏私处？」达生道：「母亲极是慈爱，况且是小的一个，有甚偏私？」府尹又叫他到案桌前，密问道：「中间必有缘故，你可直说，我与你做主。」达生叩头道：「其实别无缘故，多是小的不是。」府尹道：「既然如此，天下无不是的父母，母亲告你，我就要责罚了。」达生道：「小的该责。」府尹见这般形状，心下愈加狐疑，却是免不得体面，喝叫打着，当下拖翻打了十竹篦。府尹冷眼看吴氏时节，见他面上毫无不忍之色，反跪上来道：「求老爷一气打死罢！」府尹大怒道：「这泼妇！此必是你夫前妻或妾出之子，你做人不贤，要做此忍心害理之事么？」吴氏道：「爷爷，实是小妇人亲生的，问他就是。」府尹就问达生道：「这敢不是你亲娘？」达生大哭道：「是小的生身之母！怎的不是？」府尹道：「却如何这等恨你？」达生道：「连小的也不晓得。只是依着母亲打死小的罢！」府尹心下着实疑惑，晓得必有别故，反假意喝达生道：「果然不孝，不怕你不死！」吴氏见府尹说得利害，连连叩头道：「只求老爷早早决绝，小妇人也得干净。」府尹道：「你还有别的儿子，或是过继的否？」吴氏道：「并无别个。」府尹道：「既只是一个，我戒诲他一番，留他性命，养你后半世也好。」吴氏道：「小妇人情愿自过日子，不情愿有儿子了。」府尹道：「死了不可复生，你不可有悔。」吴氏咬牙切齿道：「小妇人不悔！」府尹道：「既没有悔，明日买一棺木，当堂领尸。今日暂且收监。」就把达生下在牢中，打发了吴氏出去。

吴氏喜容满面，往外就走。府尹直把眼看他出了府门，忖道：「这妇人气质，是个不良之人，必有隐情。那小孩子不肯说破，是个孝子。我必要剖明这一件事。」随即叫一个眼明手快的公人，分付道：「那妇人出去，不论走远走近，必有个人同他说话的。你看何等样人物，说何说话。不拘何等，有一件报一件。说得的确，重重有赏，倘有虚伪隐瞒，我知道了，致你死地！」那府尹威令素严，公人怎敢有违？密地尾了吴氏走去。只见吴氏出门数步，就有个道士接着，问道：「事怎么了？」吴氏笑嘻嘻的道：「事完了。只要你替我买具棺材，明日领尸。」道士听得，拍手道：「好了！好了！棺材不打紧，明日我自着人抬到府前来。」两人做一路，说说笑笑去了。公人却认得这人是西山观道士，密将此话细细报与李府尹。李府尹道：「果有此事。可知要杀亲

子，略无顾惜。可恨！可恨！」就写一纸付公人道：『明日妇人进衙门，我喝叫：「抬棺木来！」此时可拆开，看了行事！』

次日升堂，吴氏首先进来，禀道：『昨承爷爷分付，棺木已备，来领不孝子尸首。』府尹道：『你儿子昨夜已打死了。』吴氏毫无戚容，叩头道：『多谢爷爷做主！』府尹道：『快抬棺木进来！』公人听见此句，连忙拆开昨日所封之帖一看，乃是朱票，写道：『立拿吴氏奸夫，系道士看抬棺者，不得放脱！』那公人是昨日认识的，那里肯差？亦且知观指点杠棺的，正在那里点手画脚时节，公人就一把擒住了，把朱笔帖与他看。知观挣扎不得，只得随来见了府尹。府尹道：『你是道士，何故与人买棺材，又替他雇人扛抬？』知观一时赖不得，只得说道：『那妇人是小道姑舅兄妹，央浼小道，所以帮他。』府尹道：『亏了你是舅舅，所以帮他杀外甥。』知观道：『这是他家的事，与小道无干。』府尹道：『既是亲戚，他告状时你却调停不得？取棺木时你就帮衬有余。却不是你有奸与谋的？这奴才死有余辜！』喝教：『取夹棍来夹起！』严刑拷打，要他招出实情。知观熬不得，一一招了。府尹取了亲笔画供，供称是『西山观知观黄妙修，因奸唆杀是实』。吴氏在庭下看了，只叫得苦。府尹随叫：『取监犯！』把刘达生放将出来。

达生进监时，道府尹说话好，料必不致伤命。及至经过庭下，见是一具簇新的棺木摆着，心里慌了道：『终不成今日当真要打死我？』战兢兢地跪着。只见府尹问道：『你可认得西山观道士黄妙修？』达生见说着就里，假意道：『不认得。』府尹道：『是你仇人，难道不认得？』达生转头看时，只见黄知观被夹坏了，在地下哼，吃了一惊，正不知个甚么缘故。只得叩头道：『爷爷青天神见，小的再不敢说。』府尹道：『我昨日再三问你，你却不肯说出，这还是你孝处。岂知被我一一查出了！』又叫吴氏起来道：『还你一个有尸首的棺材。』吴氏心里还认做打儿子，只见府尹喝叫：『把黄妙修拖翻，加力行杖。』打得肉绽皮开，看看气绝。叫几个禁子，将来带活放在棺中，用钉钉了。吓得吴氏面如土色，战抖抖的牙齿捉对儿厮打。

府尹看钉了棺材，就喝吴氏道：『你这淫妇！护了奸夫，忍杀亲子，这样人留你何用？也只是活敲死你。皂隶拿下去，着实打！』皂隶似鹰拿燕雀把吴氏向阶下一摔。正待用刑，那刘达生见要打娘，慌忙走去横眠在娘的背上了，口里连连喊道：『小的代打！小的代打！』皂隶不好行杖，添几个走来，着力拖开。达生只是吊紧了娘的身子大哭不放。府尹看见如此真切，叫皂隶且住了。唤达生上来道：『你母亲要杀你，我就打他几下，你正好出气，如何如此护他？』达生道：『生身之母，怎敢记仇？况且爷爷不责小的不孝，反责母亲，小的至死心里不安。望爷爷台鉴！』叩头不止。府尹唤吴氏起来，道：『本该打死你，看你儿子分上，留你性命。此后要去学好，倘有再犯，必不饶你。』吴氏起初见打死了道士，心下也道是自己不得活了；见儿子如此要替，如此讨饶，心里悲伤，还不知怎地。听得府尹如此分付，念着儿子好处，不觉掉下泪来，对府尹道：『小妇人该死！负了亲儿。今后情愿守着儿子成人，再不敢非为了。』府尹道：『你儿子是个成器的，不消说。吾正待表扬其孝。』达生叩头道：『若如此，是显母之失，以章已之名，小的至死不敢。』吴氏见儿子说罢，母子两个就在府堂上相抱了，大哭一场。府尹发放回家去了。

随出票唤西山观黄妙修的本房道众来领尸棺。观中已晓得这事，推那太素、太清两个道童出来。公人领了他进府堂，府尹抬眼看时，见是两个美丽少年，心里道：『这些出家人引诱人家少年子弟，遂其淫欲。这两个美貌的，他日必更累人家妇女出丑。』随唤公人押令两个道童领棺埋讫，即令还归俗家父母，永远不许入观，讨了收管回话。其该观道士另行申救，不题。

且说吴氏同儿子归家，感激儿子不尽。此后把他看待得好了。儿子也自承颜顺旨，不敢有违，再无说话。又且道士已死，道童已散，吴氏无奈，也只得收了心过日。只是思想前事，未免悒悒不快，又有些惊悸成病，不久而死。刘达生将二亲合葬已毕，孝满了，娶了一房媳妇，且是夫妻相敬，门风肃然。已后出去求名，却又得府尹李杰一力抬举，仕宦而终。

再说那太素、太清当日押出，两个一路上共话此事。太清道：『我昨夜梦见老君对我道：「你师父道行非凡，我与他一个官做，你们可与他领了。」我心里想来，师父如此胡行，有甚道行？且那里有官得与他做，却叫我们领？谁知今日府中叫去领棺木？却应在这个棺上了。』太素道：『师父受用得多了，死不为枉。只可惜师父没了，连我们也断了这路。』太清道：『师父就在，你我也只好干咽唾。』太素道：『我到不干，已略略沾些滋味了。』便将前情一一说与太清知道。太清道：『一同跟师父，偏你打了偏手，而今喜得还了俗，大家寻个老小解解馋罢了。』两个商量，共将师父尸棺安在祖代道堂上了，各自还俗。

太素过了几时，想着吴氏前日之情，业心不断，再到刘家去打听，乃知吴氏已死，好生感伤。此后恍恍惚惚，合眼就梦见吴氏来与他交感，又有时梦见师父来争风。染成遗精梦泄痨瘵之病，未几身死。太清此时已自娶了妻子，闻得太素之死，自叹道：『今日方知道家不该如此破戒。师父胡做，必致杀身，太素略染，也得病死。还亏我当日侥幸，不曾有半点事，若不然时，我也一向做枉死之鬼了。』自此安守本分，为良民而终。可见报应不爽。这本话文，凡是道流，俱该猛省！

后人有诗咏着黄妙修云：

西山符箓最高强，能摄生人岂度亡？
直待盖棺方事定，元来魔祟在裩裆。

又有诗咏着吴氏云：

腰间仗剑岂虚词，贪着奸淫欲杀儿。
妖道捐生全为此，即同手刃亦何疑！

又有诗咏着刘达生云：

不孝由来是逆伦，堪怜难处在天亲。
当堂不肯分明说，始信孤儿大孝人。

又有诗咏着太素、太清二道童云：

后庭本是道家妻，又向闺房作媚姿。
毕竟无侵能幸脱，一时染指岂便宜？

又有诗单赞李杰府尹明察云：

黄堂太尹最神明，忤逆加诛法不轻。
偏为鞫奸成反案，从前不是浪施刑。

初刻拍案惊奇

第十八回

丹客半黍九还　富翁千金一笑

诗曰：

破布衫巾破布裙，逢人惯说会烧银。
自家何不烧些用？担水河头卖与人。

这四句诗，乃是国朝唐伯虎解元所作。世上有这一伙烧丹炼汞之人，专一设立圈套，神出鬼没，哄那贪夫痴客道：能以药草炼成丹药，铅铁为金，死汞为银，名为『黄白之术』，又叫得『炉火之事』。只要先将银子为母，后来觑个空儿，偷了银子便走，叫做『提罐』。曾有一个道人将此术来寻唐解元，说道：『解元仙风道骨，可以做得这件事。』解元贬驳他道：『我看你身上褴褛，你既有这仙术，何不烧些来自己用度，却要作成别人？』道人道：『贫道有的是术法，乃造化所忌；却要寻个大福气的，承受得起，方好与他作为。贫道自家却没这些福气，所以难做。看见解元正是个大福气的人，来投合伙，我们术家，叫做「访外护」。』唐解元道：『这等与你说过：你的法术施为，我一些都不管，我只管出着一味福气帮你。等丹成了，我与你平分便是。』道人见解元说得蹊跷，晓得是奚落他，不是主顾，飘然而去了。所以唐解元有这首诗，也是点明世人的意思。

却是这伙里的人，更有花言巧语，如此说话说他不倒的。却是为何？他们道：『神仙必须度世，妙法不可自私。毕竟有一种具得仙骨，结得仙缘的，方可共炼共修，内丹成，外丹亦成。』有这许多好说话。这些说话，何曾不是正理？就是炼丹，何曾不是仙法？却是当初仙人留此一种丹砂化黄金之法，只为要广济世间的人。尚且纯阳吕祖虑他五百年后复还原质，误了后人，原不曾说道与你置田买产，蓄妻养子，帮做人家的。只如杜子春遇仙，在云台观炼药将成，寻他去做『外护』，只为一点爱根不断，累他丹鼎飞败。如今这些贪人，拥着娇妻美妾，求田问舍，损人肥己，掂斤播两，何等肚肠！寻着一伙酒肉道人，指望炼成了丹，要受用一世，遗之子孙，岂不痴了？只叫他把『内丹成，外丹亦成』这两句想一想，难道是掉起内养工夫，单单弄那银子的？只这点念头，也就万万无有炼得丹成的事了。看官，你道小子说到此际，随你愚人，也该醒悟这件事没影响，做不得的。却是这件事，偏是天下一等聪明的，要落在圈套里，不知何故！

今小子说一个松江富翁，姓潘，是个国子监监生。胸中广博，极有口才，也是一个有意思的人。却有一件癖性，酷信丹术。俗语道：『物聚于所好。』果然有了此好，方士源源而来。零零星星，也弄掉了好些银子，受过了好些丹客的骗。他只是一心不悔，只说无缘，遇不着好的。从古有这家法术，岂有做不来的事？毕竟有一日弄成了，前边些小所失，何足为念？把这事越好得紧了。这些丹客，我传与你，你传与我，远近尽闻其名。左右是一伙的人，推班出色，没一个不思量骗他的。

一日秋间，来到杭州西湖上游赏，赁一个下处住着。只见隔壁园亭上歇着一个远来客人，带着家眷，也来游湖。行李甚多，仆从齐整。那女眷且是生得美貌，打听来是这客人的爱妾。日日雇了天字一号的大湖船，摆了盛酒，吹弹歌唱俱备。携了此妾下湖，浅斟低唱，觥筹交举。满桌摆设酒器，多是些金银异巧式样，层见迭出。晚上归寓，灯火辉煌，赏赐无算。潘富翁在隔壁寓所，看得呆了，想道：『我家里也算是富的，怎能够到得他这等挥霍受用？此必是个陶朱、猗顿之流，第一

等富家了。』心里艳慕，渐渐教人通问，与他往来相拜，通了姓名，各道相慕之意。

富翁乘间问道：『吾丈如此富厚，非人所及。』那客人谦让道：『何足挂齿！』富翁道：『日日如此用度，除非家中有金银高北斗，才能像意；不然，也有尽时。』客人道：『金银高北斗，若只是用去，要尽也不难。须有个用不尽的法儿。』富翁见说，就有些着意了，问道：『如何是用不尽的法？』客人道：『造次之间，不好就说得。』富翁道：『毕竟要请教。』客人道：『说来吾丈未必解，也未必信。』富翁见说得蹊跷，一发殷勤求恳，必要见教。客人屏去左右从人，附耳道：『吾有「九还丹」，可以点铅汞为黄金。只要炼得丹成，黄金与瓦砾同耳，何足贵哉？』富翁见说是丹术，一发投其所好，欣然道：『原来吾丈精于丹道，学生于此道最为心契，求之不得。若吾丈果有此术，学生情愿倾家受教。』客人道：『岂可轻易传得？小小试看，以取一笑则可。』便教小童炽起炉炭，将几两铅汞熔化起来。身边腰袋里摸出一个纸包，打开来都是些药末，就把小指甲挑起一些些来，弹在罐里，倾将出来，连那铅汞不见了，都是雪花也似的好银。看官，你道药末可以变化得铜铅做银，却不是真法了？元来这叫得『缩银之法』，他先将银子用药炼过，专取其精，每一两直缩做一分少些，今和铅汞在火中一烧，铅汞化为青气去了，遗下糟粕之质，见了银精，尽化为银。不知原是银子的原分量，不曾多了一些。丹客专以此术哄人，人便死心塌地信他，道是真了。

富翁见了，喜之不胜，道：『怪道他如此富贵受用！原来银子如此容易。我炼了许多时，只有折了的，今番有幸遇着真本事的了，是必要求他去替我炼一炼则个。』遂问客人道：『这药是如何炼成的？』客人道：『这叫做母银生子。先将银子为母，不拘多少，用药锻炼，养在鼎中。须要九转，火候足了，先生了黄芽，又结成白雪。启炉时，就扫下这些丹头来。只消一黍米大，便点成黄金白银。那母银仍旧分毫不亏的。』富翁道：『须得多少母银？』客人道：『母银越多，丹头越精。若炼得有半合许丹头，富可敌国矣。』富翁道：『学生家事虽寒，数千之物还尽可办。若肯不吝大教，拜迎到家下，点化一点化，便是生平愿足。』客人道：『我术不易传人，亦不轻与人烧炼。今观吾丈虔心，又且骨格有些道气，难得在此联寓，也是前缘，不妨为吾丈做一做。但见教高居何处，异日好来相访。』富翁道：『学生家居松江，离此处只有两三日路程。老丈若肯光临，即此收拾，同到寒家便是。若此间别去，万一后会不偶，岂不当面错过了？』客人道：『在下是中州人，家有老母在堂，因慕武林山水佳胜，携了小妾，到此一游。空身出来，游赏所需，只在炉火，所以乐而忘返。今遇吾丈知音，不敢自秘。但直须带了小妾回家安顿，兼就看看老母，再赴吾丈之期，未为迟也。』富翁道：『寒舍有别馆园亭，可贮尊眷。何不就同携到彼住下，一边做事，岂不两便？家下虽是看待不周，决不至有慢尊客，使尊眷有不安之理。只求慨然俯临，深感厚情。』客人方才点头道：『既承吾丈如此真切，容与小妾说过，商量收拾起行。』

富翁不胜之喜，当日就写了请帖，请他次日下湖饮酒。到了明日，殷殷勤勤，接到船上，备将胸中学问，你夸我逞，谈得津津不倦，只恨相见之晚，宾主尽欢而散。又送着一桌精洁酒肴，到隔壁园亭上去，请那小娘子。来日客人答席，分外丰盛。酒器家伙都是金银，自不必说。两人说得好着，游兴既阑，约定同到松江。在关前雇了两个大船，尽数搬了行李下去，一路相傍同行。那小娘子在对船舱中，隔帘时

初刻拍案惊奇

露半面。富翁偷眼看去，果然生得丰姿美艳，体态轻盈。只是：

盈盈一水间，脉脉不得语。

又裴航赠同舟樊夫人诗云：

同舟吴越犹怀想，况遇天仙隔锦屏。
但得玉京相会去，愿随鸾鹤入青冥。

此时富翁在隔船，望着美人，正同此景，所恨无一人通音问耳。

话休絮烦，两只船不一日至松江。富翁已到家门首，便请丹客上岸。登堂献茶已毕，便道：『此是学生家中，往来人杂不便。离此一望之地，便是学生庄舍，就请尊眷同老丈至彼安顿，学生也到彼外厢书房中宿歇。一则清净，可以省烦杂；二则谨密，可以动炉火。尊意如何？』丹客道：『炉火之事，最忌俗嚣，又怕被外人触犯。况又小妾在身伴，一发宜远外人。若得在贵庄住止，行事最便了。』富翁便指点移船到庄边来，自家同丹客携手步行。来到庄门口，门上一匾，上写『涉趣园』三字。进得园来，但见：

古木干霄，新篁夹径。榱题虚敞，无非是月榭风亭；栋宇幽深，饶有那曲房邃室。叠叠假山数仞，可藏太史之书；层层岩洞几重，疑有仙人之箓。若还奏曲能招凤，在此观棋必烂柯。

丹客观玩园中景致，欣然道：『好个幽雅去处，正堪为修炼之所，又好安顿小妾，在下便可安心与吾丈做事了。看来吾丈果是有福有缘的。』富翁就叫人接了那小娘子起来，那小娘子乔妆了，带着两个丫头，一个唤名春云，一个唤名秋月，摇摇摆摆，走到园亭上来。富翁欠身回避，丹客道：『而今是通家了，就等小妾拜见不妨。』就叫那小娘子与富翁相见了。富翁对面一看，真个是沉鱼落雁之容，闭月羞花之貌。天下凡是有钱的人，再没一个不贪财好色的。富翁此时好像雪狮子向火，不觉软瘫了半边，炼丹的事又是第二着了。便对丹客道：『园中内室尽宽，凭尊嫂拣个像意的房子住下了。人少时，学生还再去唤几个妇女来伏侍。』丹客就同那小娘子去看内房了。

富翁急急走到家中，取了一对金钗，一双金手镯，到园中奉与丹客道：『些小薄物，奉为尊嫂拜见之仪。望勿嫌轻鲜。』丹客一眼估去，见是金的，反推辞道：『过承厚意，只是黄金之物，在下颇为易得，老丈实为重费，于心不安，决不敢领。』富翁见他推辞，一发不过意道：『也知吾丈不希罕此些微之物，只是尊嫂面上，略表芹意，望吾丈鉴其诚心，乞赐笑留。』丹客道：『既然这等美情，在下若再推托，反是自外了。只得权且收下，容在下竭力炼成丹药，奉报厚惠。』笑嘻嘻走入内房，叫个丫头捧了进去，又叫小娘子出来，再三拜谢。富翁多见得一番，就破费这些东西，也是心安意肯的。口里不说，心中想道：『这个人有此丹法，又有此美姬，人生至此，可谓极乐。且喜他肯与我修炼，丹成料已有日。只是现放着这等美色在自家庄上，不知可有些缘法否？若一发勾搭得上手，方是心满意足的事。而今拼得献些殷勤，做工夫不着，磨他去，不要性急。且一面打点烧炼的事。』便对丹客道：『既承吾丈不弃，我们几时起手？』丹客道：『只要有银为母，不论早晚，可以起手。』富翁道：『先得多少母银？』丹客道：『多多益善，母多丹多，省得再费手脚。』富翁道：『这等，打点将二千金下炉便了。今日且偏陪，在家下料理。明日学生搬过来，一同做事。』是晚就具酌在园亭上款待过，尽欢而散。又送酒肴内房中去，殷殷勤勤，自不必说。

次日，富翁准准兑了二千金，将过园子里来，一应炉器家伙之类，家里一向自有，只要搬将来。富翁是久惯这事的，颇称在行，铅汞药物，一应俱备，来见丹客。丹客道：『足见主翁留心，但在下尚有秘妙之诀，与人不同，炼起来便见。』富翁道：『正是秘妙之诀，要求相传。』丹客道：『在下此丹，名为九转还丹，每九日火候一还，到九九八十一开炉，丹物已成。那时节主翁大福到了。』富翁道：『全仗提携则个。』丹客就叫跟来一个家僮，依法动手，炽起炉火，将银子渐渐放将下去，取出丹方与富翁看了，将几件希奇药料放将下去，烧得五色烟起，就同富翁封住了炉。又唤这跟来几个家人分付道：『我在此将有三个月日担搁，你们且回去，回复老奶奶一声再来。』这些人只留一二个惯烧炉的在此，其余都依话散去了。

从此家人日夜烧炼，丹客频频到炉边看火色，却不开炉。闲了却与富翁清谈，饮酒下棋。宾主相得，自不必说。又时时送长送短到小娘子处讨好，小娘子也有时回敬几件知趣的东西，彼此致意。如此二十余日，忽然一个人，穿了一身麻衣，浑身是汗，闯进园中来。众人看时，却是前日打发去内中的人。见了丹客，叩头大哭道：『家里老奶奶没有了，快请回去治丧！』丹客大惊失色，哭倒在地。富翁也一时惊惶，只得从旁劝解道：『令堂天年有限，过伤无益，且自节哀。』家人催促道：『家中无主，作速起身！』丹客住了哭，对富翁道：『本待与主翁完成美事，少尽报效之心，谁知遭此大变，抱恨终天！今势既难留，此事又未终，况是间断不得的，实出两难。小妾虽是女流，随侍在下已久，炉火之候，尽已知些底里，留他在此看守丹炉才好。只是年幼，无人管束，须有好些不便处。』富翁道：『学生与老丈通家至交，有何妨碍？只须留下尊嫂在此，此炼丹之所，又无闲杂人来往，学生当唤几个老成妇女，前来陪伴，晚间或是接到拙荆处一同寝处。学生自在园中安歇看守，以待吾丈到来。有何不便？至于茶饭之类，自然不敢有缺。』丹客又踌躇了半晌，说道：『今老母已死，方寸乱矣！想古人多有托妻寄子的，既承高谊，只得敬从。留他在此，看看火候。在下回去料理一番，不日自来启炉。如此方得两全其事。』

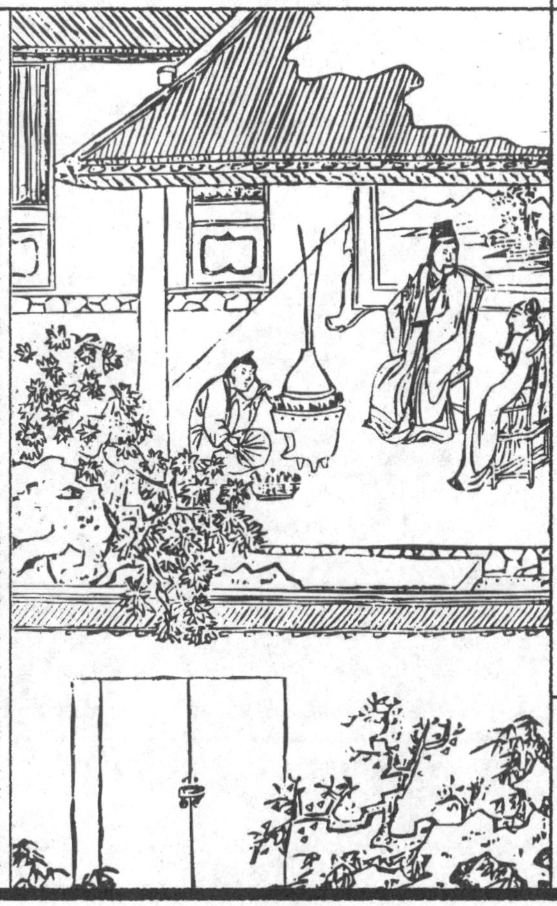

富翁见说肯留妾，心里恨不得许下了半边的天，满面笑容应承道：『若得如此，足见有始有终。』丹客又进去与小娘子说了来因，并要留他在此看炉的话，一一分付了。就叫小娘子出来，再见了主翁，嘱托与他了。叮咛道：『只好守炉，万万不可私启。倘有所误，悔之无及！』富翁道：『万一尊驾来迟，误了八十一日之期，如何是好？』丹客道：『九还火候已足，放在炉中多养得几日，丹头愈生得多，就迟些开也不妨的。』丹客又与小娘子说了些衷肠密语，忙忙而去了。

这里富翁见丹客留下了美妾，料他不久必来，丹事自然有成，不在心上。却是趁他不在，亦且同住园中，正好勾搭，机会不可错过。时时亡魂失魄，只思量下手。方在游思妄想，可可的那小娘子叫个丫头春云来道：『俺家娘请主翁到丹房看炉。』富翁听得，急整衣巾，忙趋到房

前来请道：『适才尊婢传命，小子在此伺候尊步同往。』那小娘子啭莺声、吐燕语道：『主翁先行，贱妾随后。』只见袅袅娜娜走出房来，道了万福。富翁道：『娘子是客，小子岂敢先行？』小娘子道：『贱妾女流，怎好僭妄？』推逊了一回，单不扯手扯脚的相让，已自觌面谈唾相接了一回，有好些光景。毕竟富翁让他先走了，两个丫头随着。富翁在后面看去，真是步步生莲花，不由人不动火。来到丹房边，转身对两个丫头说道：『丹房忌生人，你们只在外住着，单请主翁进来。』主翁听得，三脚两步跑上前去，同进了丹房。把所封之炉，前后看了一回。富翁一眼估定这小娘子，恨不得寻口水来吞他下肚去，那里还管炉火的青红皂白？可惜有这个烧火的家僮在旁，只好调调眼色，连风话也不便说得一句。直到门边，富翁才老着脸皮道：『有劳娘子尊步。尊夫不在时，娘子回房须是寂寞。』那小娘子口不答应，微微含笑，此番却不推逊，竟自冉冉而去。

富翁愈加狂荡，心里想道：『今日丹房中若是无人，尽可撩拨他的。只可惜有这个家僮在内。明日须用计遣开了他，然后约那人同出看炉，此时便可用手脚了。』是夜即分付从人：『明日早上备一桌酒饭，请那烧炉的家僮，说道一向累他辛苦了，主翁特地与他浇手。要灌得烂醉方住。』分付已毕，是夜独酌无聊，思量美人只在内室，又念着日间之事，心中痒痒，彷徨不已。乃吟诗一首道：

名园富贵花，移种在山家。
不道栏杆外，春风正自赊。

走至堂中，朗吟数遍，故意要内房里听得。只见内房走出一个丫头秋月来，手捧一盏茶来送道：『俺家娘听得主翁吟诗，恐怕口渴，特奉清茶。』富翁笑逐颜开，再三称谢。秋月进得去，只听得里边也朗诵：

名花谁是主？飘泊任春风。
但得东君惜，芳心亦自同。

富翁听罢，知是有意，却不敢造次闯进去。又只听里边关门响，只得自到书房睡了，以待天明。

次日早上，从人依了昨日之言，把个烧火的家僮请了去。他日逐守着炉灶边，原不耐烦，见了酒杯，那里肯放？吃得烂醉，就在外边睡着了。富翁已知他不在丹房了，即走到内房前，自去请看丹炉。那小娘子听得，即便移步出来，一如昨日在前先走。走到丹房门边，丫头仍留在外，止是富翁紧随入门去了。到得炉边看时，不见了烧火的家僮。娘子假意失惊道：『如何没人在此，却歇了火？』富翁笑道：『只为小子自家要动火，故叫他暂歇了火。』小娘子只做不解道：『这火须是断不得的。』富翁道：『等小子与娘子坎离交媾，以真火续将起来。』小娘子正色道：『炼丹学道之人，如何兴此邪念，说此邪话？』富翁道：『尊夫在这里，与小娘子同眠同起，少不得也要炼丹，难道一事不做，只是干夫妻不成？』小娘子无言可答，道：『一场正事，如此歪缠！』富翁道：『小子与娘子夙世姻缘，也是正事。』一把抱住，双膝跪将下去。小娘子扶起道：『拙夫家训颇严，本不该乱做的，承主翁如此殷勤，贱妾不敢自爱，容晚间约着相会一话罢。』富翁道：『就此恳赐一欢，方见娘子厚情。如何等得到晚？』小娘子道：『这里有人来，使不得。』富翁道：『小子专为留心要求小娘子，已着人款住了烧火的了。别的也不敢进来。况且丹房邃密，无人知觉。』小娘子道：『此间须是丹炉，怕有触犯，悔之无及。决使不得！』富翁此时兴已勃发，那里还顾什么丹炉不丹炉！只是紧紧抱住道：『就是要了小子的性命，也说不得了。只求小娘子救一救！』不由他肯不肯，掇到一只醉翁椅上，扯脱

裤儿，就舞将进去，此时快乐，何异登仙。但见：

独弦琴一翕一张，无孔箫统上统下。红炉中拨开邪火，玄关内走真铅。舌搅华池，满口馨香尝玉液；精穿牝屋，浑身酥快吸琼浆。何必丹成入九天？即此魂销归极乐。

两下云雨已毕，整了衣服。富翁谢道：『感谢娘子不弃，只是片时欢娱，晚间愿赐通宵之乐。』扑的又跪下去。小娘子急抱起来道：『我原许下你晚间的，你自喉急等不得。那里有丹鼎旁边就弄这事起来？』富翁道：『错过一时，只恐后悔无及。还只是早得到手一刻，也是见成的了。』小娘子道：『晚间还是我到你书房来，你到我卧房来？』富翁道：『但凭娘子主见。』小娘子道：『我处须有两个丫头同睡，你来不便。我今夜且瞒着他们自出来罢。待我明日叮嘱丫头过了，然后接你进来。』是夜，果然人静后，小娘子走出堂中来，富翁也在那里伺候，接至书房，极尽衾枕之乐。以后或在内，或在外，总是无拘无管。富翁以为天下奇遇，只愿得其夫一世不来，丹炼不成也罢了。

绸缪了十数宵，忽然一日，门上报说：『丹客到了。』富翁吃了一惊，接进寒温毕，他就进内房来见了小娘子，说了好些说话。出外来对富翁道：『小妾说丹炉不动。而今九还之期已过，丹已成了，正好开看。今日匆匆，明日献过了神启炉罢。』富翁是夜虽不得再望欢娱，却见丹客来了，明日启炉，丹成可望，还赖有此，心下自解自乐。到得明日，请了些纸马福物，祭献了毕，丹客同富翁刚走进丹房，就变色沉吟道：『如何丹房中气色恁等的有些诧异？』便就亲手启开鼎炉一看，跌足大惊道：『败了，败了！真丹走失，连银母多是糟粕了！此必有做交感污秽之事，触犯了的。』富翁惊得面如土色，不好开言。又见道着真相，一发慌了。丹客懊怒，咬得牙齿趷趷的响，问烧火的家僮道：『此房中别有何人进来？』家僮道：『只有主翁与小娘子，日日来看一次，别无人敢进来。』丹客道：『这等，如何得丹败了？快去叫小娘子来问。』家僮走去，请了出来。丹客厉声道：『你在此看炉，做了甚事？丹俱败了！』小娘子道：『日日与主翁来看，炉是原封不动的，不知何故。』丹客道：『谁说炉动了封？你却动了封了！』又问家僮道：『主翁与娘子来时，你也有时节不在此么？』家僮道：『止有一日，是主翁怜我辛苦，请去吃饭，多饮了几杯，睡着在外边了。只这一日，是主翁与小娘子自家来的。』丹客冷笑道：『是了！是了！』忙走去行囊里，抽出一根皮鞭来，对小娘子道：『分明是你这贱婢做出事来了！』一鞭打去，小娘子闪过了，哭道：『我原说做不得的，主人翁害了奴也！』富翁直着双眼，无言可答，恨没个地洞钻了进去。丹客怒目直视富翁道：『你前日受托之时，如何说的？我去不久，就干出这样昧心的事来，元来是狗彘不值的！如此无行的人，如何妄思烧丹炼药？是我眼里不识人。我只是打死这贱婢罢，羞辱门庭，要你怎的！』拿着鞭一赶赶来，小娘子慌忙走进内房。亏得两个丫头拦住，劝道：『官人耐性。』每人接了一皮鞭，却把皮鞭捧断了。

富翁见他性发，没收场，只得跪下去道：『是小子不才，一时干差了事。而今情愿弃了前日之物，只求宽恕罢！』丹客道：『你自作自受，你干坏了事，走失了丹，是应得的，没处怨怅。我的爱妾可是与你解馋的？受了你点污，却如何处？我只是杀却了，不怕你不偿命！』富翁道：『小子情愿赎罪罢。』即忙叫家人到家中，拿了两个元宝，跪着讨饶。丹客只是佯着眼不瞧道：『我银甚易，岂在于此！』富翁只是磕头，又加了二百两道：『如今以此数，再娶了一位如夫人也勾了。实是小子不才，望乞看平日之面，宽恕尊嫂罢。』丹客道：『我本不希罕

初刻拍案惊奇

你银子，只是你这样人，不等你损些己财，后来不改前非。我偏要拿了你的，将去济人也好。』就把三百金拿去，装在箱里了，叫齐了小娘子与家僮、丫头等，急把衣装行李尽数搬出，下在昨日原来的船里，一径出门。口里喃喃骂道：『受这样的耻辱！可恨！可恨！』骂詈不止，开船去了。

富翁被他吓得魂不附体，恐怕弄出事来。虽是折了些银子，得他肯去，还自道侥幸。至于炉中之银，真个认做触犯了他，丹鼎走败。但自悔道：『忒性急了些！便等丹成了，多留他住几时，再图成此事，岂不两美？再不然，不要在丹房里头弄这事，或者不妨，也不见得。多是自己莽撞了，枉自破了财物也罢，只是遇着真法，不得成丹，可惜！可惜！』又自解自乐道：『只这一个绝色佳人受用了几时，也是风流话柄，赏心乐事，不必追悔了。』却不知多是丹客做成圈套。当在西湖时，原是打听得潘富翁上杭，先装成这些行径来炫惑他的。及至请他到家，故意要延缓，却像没甚要紧。后边那个人来报丧之时，忙忙归去，已自先把这二千金提了罐去了。留着家小，使你不疑。后来勾搭上场，也都是他教成的计较，把这堆狗屎堆在你鼻头上，等你开不得口，只好自认不是，没工夫与他算账了。那富翁是破财星照，堕其计中。先认他是巨富之人，必有真丹点化，不知那金银器皿都是些铜铅为质，金银汁粘裹成的。酒后灯下，谁把试金石来试？一时不辨，都误认了。此皆神奸诡计也。

富翁遭此一骗，还不醒悟。只说是自家不是，当面错了。越好那丹术不已。一日，又有个丹士到来，与他谈着炉火，甚是投机，延接在家。告诉他道：『前日有一位客人，真能点铁为金，当面试过，他已此替我烧炼了。后来自家有些得罪于他，不成而去，真是可惜。』这丹士道：『吾术岂独不能？』便叫把炉火来试，果然与前丹客无二：些少药末，投在铅汞里头，尽化为银。富翁道：『好了，好了。前番不着，这番着了。』又凑千金与他烧炼。丹士呼朋引类，又去约了两三个帮手来做。富翁见他银子来得容易，放胆大了，一些也不防他。岂知一个晚间，提了罐走了。次日又捞了个空。

富翁此时连被拐去，手内已窘，且怒且羞道：『我为这事费了多少心机，弄了多少年月，前日自家错过，指望今番是了，谁知又遭此一闪？我不问那里寻将去，他不过又往别家烧炼，或者撞得着也不可知。纵不然，或者另遇着真正法术，再得炼成真丹，也不见得。』自此收拾了些行李，东游西走。

忽然一日，在苏州阊门人丛里劈面撞着这一伙人。正待开口发作，这伙人不慌不忙，满面生春，却像他乡遇故知的一般，一把邀了那富翁，邀到一个大酒肆中，一副洁净座头上坐了，叫酒保烫酒取嗄饭来，殷勤谢道：『前日有负厚德，实切不安。但我辈道路如此，足下勿以为怪！今有一法与足下计较，可以偿足下前物，不必别生异说。』富翁道：『何法？』丹士道：『足下前日之银，吾辈得来随手费尽，无可奉偿。今山东有一大姓，也请吾辈烧炼，已有成约。只待吾师到来，才交银举事。奈吾师远游，急切未来。足下若权认作吾师，等他交银出来，便取来先还了足下前物，直如反掌之易！不然，空寻我辈也无干。足下以为何如？』富翁道：『尊师是何人物？』丹士道：『是个头陀。今请足下略剪去了些头发，我辈以师礼事奉，径到彼处便了。』富翁急于得银，便依他剪发做一齐了。彼辈殷殷勤勤，直侍奉到山东。引进见了大姓，说道是他师父来了。大姓致敬，迎接到堂中，略谈炉火之事。富翁是做惯了的，亦且胸中原博，高谈阔论，尽中机宜。大姓深相敬服，是夜即兑银二千两，约在明日起火。只管把酒相劝，吃得酩酊，扶去另在一间内书房睡着。到得天明，商量安炉。富翁见这伙人科派，自家晓得些，也在里头指点。当日把银子下炉烧炼，这伙人认做徒弟守炉。大姓只管来寻师父去请教，攀话饮酒，不好却得。这些人看个空儿，又提了罐，各各走了，单撇下了师父。大姓只道师父在家不妨，岂知早晨一伙都不见了，就拿住了师父，要去送在当官，捉拿余党。富翁只得哭诉道：『我是松江潘某，元非此辈同党。只因性好烧丹，前日被这伙人拐了。路上遇见他，说道在此间烧炼，得来可以赔偿。又替我剪发，叫我装做他师父来的。指望取还前银，岂知连宅上多骗了，又撇我在此？』说罢大哭。大姓问其来历详细，说得对科，果是松江富家，与大姓家有好些年谊的。知被骗是实，不好难为得他，只得放了。一路无了盘缠，倚着头陀模样，沿途乞化回家。

到得临清码头上，只见一只大船内，帘下一个美人，揭着帘儿，露面看着街上。富翁看见，好些面熟，仔细一认，却是前日丹客所带来的妾，与他偷情的。疑道：『这人缘何在这船上？』走到船边，细细访问，方知是河南举人某公子，包了名娼，到京会试的。富翁心里想道：『难道当日这家的妾毕竟卖了？』又疑道：『敢是面庞相像的？』不离船边，走来走去只管看。忽见船舱里叫个人出来，问他道：『官舱里大娘问：你可是松江人？』富翁道：『正是松江。』又问道：『可姓潘否？』富翁吃了一惊道：『怎晓得我的姓？』只见舱里人说：『叫他到船边来。』富翁走上前去，帘内道：『妾非别人，即前日丹客所认为妾的便是，实是河南妓家。前日受人之托，不得不依他嘱咐的话，替他捣鬼，有负于君。君何以流落至此？』富翁大恸，把连次被拐，今在山东回来之由，诉说一遍。帘内人道：『妾与君不能无情，当赠君盘费，作急回家。此后遇见丹客，万万勿可听信。妾亦是骗局中人，深知其诈。君能听妾之言，是即妾报君数宵之爱也。』言毕，着人拿出三两一封银子来递与他，富翁感谢不尽，只得收了。自此方晓得前日丹客美人之局，包了娼妓做的，今日却亏他盘缠。到得家来，感念其言，终身不信炉火之事。却是头发纷披，亲友知其事者，无不以为笑谈。奉劝世人好丹术者，请以此为鉴：

丹术须先断情欲，尘缘岂许相驰逐？
贪淫若是望丹成，阴沟洞里天鹅肉。

第十九回

李公佐巧解梦中言　谢小娥智擒船上盗

赞云：

士或巾帼，女或弁冕。
行不逾阈，谟能致远。
睹彼英英，惭斯谚谚。

这几句赞，是赞那有智妇人，赛过男子。假如有一种能文的女子，如班婕妤、曹大家、鱼玄机、薛校书、李季兰、李易安、朱淑真之辈，上可以并驾班、扬，下可以齐驱卢、骆。有一种能武的女子，如夫人城、娘子军、高凉洗氏、东海吕母之辈，智略可方韩、白，雄名可赛关、张。有一种善能识人的女子，如卓文君、红拂妓、王浑妻钟氏、韦皋妻母苗氏之辈，俱另具法眼，物色尘埃。有一种报仇雪耻女子，如孙翊妻徐氏、董昌妻申屠氏、庞娥亲、邹仆妇之辈，俱中怀胆智，力歼强梁。又有一种希奇作怪，女扮为男的女子，如秦木兰、南齐东阳娄逞、唐贞元孟妪、五代临邛黄崇嘏，俱以权济变，善藏其用，窜身仕宦，既不被人识破，又能自保其身，多是男子汉未必做得来的，算得是极巧极难的了。而今更说一个遭遇大难，女扮男身，用尽心机，受尽苦楚，又能报仇，又能守志，一个绝奇的女人，真个是千古罕闻。有诗为证：

侠概惟推古剑仙，除凶雪恨只香烟。
谁知估客生奇女，只手能翻两姓冤。

这段话文，乃是唐元和年间，豫章郡有个富人姓谢，家有巨产，隐名在商贾间。他生有一女，名唤小娥，生八岁，母亲早丧。小娥虽小，身体壮硕如男子形。父亲把他许了历阳一个侠士，姓段名居贞。那人负气仗义，交游豪俊，却也在江湖上做大贾。谢翁慕其声名，虽是女儿尚小，却把来许下了他。两姓合为一家，同舟载货，往来吴楚之间。两家弟兄、子侄、僮仆等众，约有数十余人，尽在船内。贸易顺济，锱重充盈。如是几年，江湖上多晓得是谢家船，昭耀耳目。

此时小娥年已十四岁，方才与段居贞成婚。未及一月，忽然一日，舟行至鄱阳湖口，遇着几只江洋大盗的船，各执器械，团团围住。为头的两人，当先跳过船来，先把谢翁与段居贞一刀一个，结果了性命。以后众人一齐动手，排头杀去。总是一个船中，躲得在那里？间有个把慌忙奔出舱外，又被盗船上人拿去杀了。或有得跳在水中，只好图得个全尸，湖水溜急，总无生理。谢小娥还亏得溜撒，乘众盗杀人之时，忙自去掳在舵上，一个失脚，跌下水去了。众盗席卷舟中财宝金帛一空，将死尸尽抛在湖中，弃船而去。

小娥在水中漂流，恍惚之间，似有神明护持，流到一只渔船边。渔人夫妻两个，捞救起来，见是一个女人，心头尚暖，知是未死，拿几件破衣破袄，替他换下湿衣，放在舱中眠着。小娥口中泛出无数清水，不多几时，醒将转来。见身在渔船中，想着父与夫被杀光景，放声大哭。渔翁夫妇问其缘故，小娥把湖中遇盗，父夫两家人口尽被杀害情由，说了一遍。原来谢翁与段侠士之名著闻江湖上，渔翁也多曾受他小惠过的，听说罢，不胜惊异，就权留他在船中。调理了几日，小娥觉得身子好了。他是个点头会意的人，晓得渔船上生意淡薄，便想道：「我怎好搅扰得他？不免辞谢了他，我自上岸，一路乞食，再图安身立命之处。」

小娥从此别了渔翁夫妇，沿途抄化。到建业上元县，有个妙果寺，内是尼僧。有个住持叫净悟，见小娥言语伶俐，说着遭难因

由，好生哀怜，就留他在寺中，心里要留他做个徒弟。小娥也情愿出家，道：「一身无归，毕竟是皈依佛门，可了终身。但父夫被杀之仇未复，不敢便自落发，且随缘度日，以待他年再处。」小娥自此日间在外乞化，晚间便归寺中安宿。晨昏随着净悟做功果，稽首佛前，心里就默祷，祈求报应。

只见一个夜间，梦见父亲谢翁来对他道：「你要晓得杀我的人姓名，有两句谜语，你牢牢记着：『车中猴，门东草。』」说罢，正要再问，父亲撒手而去。大哭一声，飒然惊觉。梦中这语，明明记得，只是不解。隔得几日，又梦见丈夫段居贞来对他说：「杀我的人姓名，也是两句谜语：『禾中走，一日夫。』」小娥连得了两梦，便道：「此是亡灵未泯，故来显应。只是如何不竟把真姓名说了，却用此谜语？想是冥冥之中，天机不可轻泄，所以如此。如今既有这十二字谜语，必有一个解说。虽然我自家不省得，天下岂少聪明的人？不问好歹，求他解说出来。」

遂走到净悟房中，说了梦中之言。就将一张纸，写着十二字，藏在身边了。对净悟道：「我出外乞食，逢人便拜求去。」净悟道：「此间瓦官寺有个高僧，法名齐物，极好学问，多与官员士大夫往来。你将此十二字，到彼求他一辨，他必能参透。」小娥依言，径到瓦官寺求见齐公。稽首毕，便道：「弟子有冤在身，梦中得十二字谜语，暗藏人姓名，自家愚懵，参解不出，拜求老师父解一解。」就将袖中所书一纸，双手递与齐公。齐公看了，想着一会，摇首道：「解不得，解不得。但老僧此处来往人多，当记着在此，逢人问去。倘遇有高明之人解得，当以相告。」小娥又稽首道：「若得老师父如此留心，感谢不尽。」自此谢小娥沿街乞化，逢人便把这几句请问。齐公有客来到，便举此谜相商；小娥也时时到寺中问齐公消耗。如此多年，再没一个人解得出。说话的，若只是这样解不出，那两个梦不是枉做了？看官，不必性急，凡事自有个机缘。此时谢小娥机缘未到，所以如此。机缘到来，自然遇着巧的。

却说元和八年春，有个洪州判官李公佐，在江西解任，扁舟东下，停泊建业，到瓦官寺游耍。僧齐物一向与他相厚，出来接陪了，登阁眺远，谈说古今。语话之次，齐公道：「檀越博闻闳览，今有一谜语，请檀越一猜！」李公佐笑道：「吾师好学，何至及此稚子戏？」齐公道：「非是作戏，有个缘故。此间孀妇谢小娥示我十二字谜语，每来寺中求解，说道中间藏着仇人名姓。老僧不能辨，遍示来往游客，也多懵然，已多年矣。故此求明公一商之。」李公佐道：「是何十二字？且写出来，我试猜看。」齐公就取笔把十二字写出来，李公佐看了一遍道：「此定可解，何至无人识得？」遂将十二字念了又念，把头点了又点，靠在窗槛上，把手在空中画了又画。默然凝想了一会，拍手道：「是了，是了！万无一差。」齐公速要请教，李公佐道：「且未可说破，快去召那个孀妇来，我解与他。」齐公即叫行童到妙果寺寻将谢小娥来。齐公对他道：「可拜见了此间官人。此官人能解谜语。」小娥依言，上前拜见了毕。公佐开口问道：「你且说你的根由来。」小娥呜呜咽咽哭将起来，好一会说话不出。良久，才说道：「小妇人父及夫，俱为江洋大盗所杀。以后梦见父亲来说道：『杀我者，车中猴，门东草。』又梦见夫来说道：『杀我者，禾中走，一日夫。』自家愚昧，解说不出。遍问旁人，再无能省悟。历年已久，不识姓名，报冤无路，衔恨无穷！」说罢又哭。李公佐笑道：「不须烦恼。依你所言，下官俱已审详在此了。」小娥住了哭，求明示。李公佐道：「杀汝父者，是申

蔺，杀汝夫者，是申春。』小娥道：『尊官何以解之？』李公佐道：『「车中猴」，「车」字去上下各一画，是「申」字；申属猴，故曰「车中猴」。「草下有「门」，「门」中有「东」，乃「蔺」字也。又「禾中走」是穿田过，「田」出两头，亦是「申」字也。「一日夫」者，「夫」上更一画，下一「日」，是「春」字也。杀汝父，是申蔺；杀汝夫，是申春，足可明矣。何必更疑？』

齐公在旁听解罢，抚掌称快道：『数年之疑，一旦豁然，非明公聪鉴盖世，何能及此？』小娥愈加恸哭道：『若非尊官，到底不晓仇人名姓，冥冥之中，负了父夫。』再拜叩谢。就向齐公借笔来，将『申蔺、申春』四字写在内襟一条带子上了，拆开里面，反将转来，仍旧缝好。李公佐道：『写此做甚？』小娥道：『既有了主名，身虽女子，不问那里，誓将访杀此二贼，以复其冤！』李公佐向齐公叹道：『壮哉！壮哉！然此事却非容易。』齐公道：『天下无难事，只怕有心人。』此妇坚忍之性，数年以来，老僧颇识之，彼是不肯作浪语的。』小娥因问齐公道：『此间尊官姓氏宦族，愿乞示知，以识不忘。』齐公道：『此官人是江西洪州判官李二十三郎也。』小娥再三顶礼念诵，流涕而去。李公佐阁上饮罢了酒，别了齐公，下船解缆，自往家里。

话分两头。却说小娥自得李判官解辨二盗姓名，便立心寻访。自念身是女子，出外不便，心生一计，将累年乞施所得，买了衣服，打扮作男子模样，改名谢保。又买了利刃一把，藏在衣襟底下。想道：『在湖里遇的盗，必是原在江湖上走，方可探听消息。』日逐在埠头伺候，看见船上有雇人的，就随了去，佣工度日。在船上时，操作勤紧，并不懈息，人都喜欢雇他。他也不拘一个船上，是雇着的便去。商船上下往来之人，看看多熟了。水火之事，小心谨秘，并不露一毫破绽出来。但是船到之处，不论那里，上岸挨身察听体访。如此年余，竟无消耗。

一日，随着一个商船到浔阳郡，上岸行走，见一家人家竹户上有纸榜一张，上写道：『雇人使用，愿者来投。』小娥问邻居之人：『此是谁家要雇工人？』邻人答应：『此是申家，家主叫做申蔺，是申大官人。时常要到江湖上做生意，家里止是些女人，无个得力男子看守，所以雇唤。小娥听得「申蔺」二字，触动其心，心里便道：『果然有这个姓名！莫非正是此贼？』随对邻人说道：『小人情愿投赁佣工，烦劳引进则个。』邻人道：『申家急缺人用，一说便成的。只是要做个东道谢我。』小娥道：『这个自然。』

邻人问了小娥姓名地方，就引了他，一径走进申家。只见里边踱出一个人来，你道生得如何？但见：

伛兜怪脸，尖下颏，生几茎黄须；突兀高颧，浓眉毛，压一双赤眼。出言如虎啸，声撼半天风雨寒；行步似狼奔，影摇千尺龙蛇动。远观是丧船上方相，近觑乃山门外金刚。

小娥见了吃了一惊，心里道：『这个人岂不是杀人强盗么？』便自十分上心。只见邻人道：『大官人要雇人，这个人姓谢名保，也是我们江西人，他情愿投在大官人门下使唤。』申蔺道：『平日作何生理的？』小娥答应道：『平日专在船上趁工度日，埠头船上多有认得小人的。大官人去问看就是。』申蔺家离埠头不多远，三人一同走到埠头来。问问各船上，多说着谢保勤紧小心，志诚老实许多好处。申蔺大喜。小娥就在埠头一个认得的经纪家里，借着纸墨笔砚，自写了佣工文契，写邻人做了媒人，交与申蔺收着。申蔺就领了他，同邻人到家里来，取酒出来请媒，就叫他陪待。小娥就走到厨下，掇长掇短，送酒送肴，且是熟分。申蔺取出二两工银，先交与他了。又取二钱银子，做了媒钱。小娥也自梯己秤出二钱来，送那邻人。邻人千欢万喜，作谢自去了。申蔺又

领小娥去见了妻子蔺氏。自此小娥只在申蔺家里佣工。

小娥心里看见申蔺动静，明知是不良之人，想着梦中姓名，必然有据，大分是仇人。然要哄得他喜欢亲近，方好探其真确，乘机取事。故此千唤千应，万使万当，毫不逆着他一些事故。也是申蔺冤业所在，自见小娥，便自分外喜欢。又见他得用，日加亲爱，时刻不离左右，没一句说话不与谢保商量，没一件事体不叫谢保营干，没一件东西不托谢保收拾，已做了申蔺贴心贴腹之人。因此，金帛财宝之类，尽在小娥手中出入。看见旧时船中掠去锦绣衣服、宝玩器具等物，都在申蔺家里。正是：见鞍思马，睹物思人。每遇一件，常自暗中哭泣多时。方才晓得梦中之言有准，时刻不忘仇恨。却又怕他看出，愈加小心。

又听得他说有个堂兄弟叫做二官人，在隔江独树浦居住。小娥心里想道：『这个不知可是申春否？父梦既应，夫梦必也不差。只是不好问得姓名，怕惹疑心。如何得他到来，便好探听。』却是小娥自到申蔺家里，只见申蔺口说要到二官人家去，便去了经月方回，回来必然带好些财帛归家，便分付交与谢保收拾，却不曾见二官人到这里来。也有时口说要带谢保同去走走，小娥晓得是做私商勾当，只推家里脱不得身；申蔺也放家里不下，要留谢保看家，再不提起了。但是出外去，只留小娥与妻蔺氏，与同一两个丫鬟看守，小娥自在外厢歇宿照管。若是蔺氏有甚差遣，无不遵依停当。合家都喜欢他，是个万全可托得力的人了。说话的，你差了！小娥既是男扮了，申蔺如何肯留他一个寡汉伴着妻子在家？岂不疑他生出不伶俐事来？看官，又有一说，申蔺是个强盗中人，财物为重，他们心上有甚么闺门礼法？况且小娥有心机，申蔺平日毕竟试得他老实头，小心不过的，不消虑得到此。所以放心出去，再无别说。

且说小娥在家多闲，乘空便去交结那邻近左右之人，时时买酒买肉，破费钱钞在他们身上。这些人见了小娥，无不喜欢契厚的。若看见有个把豪气的，能事了得的，更自十分倾心结纳，或周济他贫乏，或结拜做弟兄，总是做申蔺这些不义之财不着。申蔺财物来得容易，又且信托他的，那里来查他细帐？落得做人情。小娥又报仇心重，故此先下工夫，结识这些党羽在那里。只为未得申春消耗，恐怕走了风，脱了仇人。故此申蔺在家时，几番好下得手，小娥忍住不动，且待时至而行。

如此过了两年有多。忽然一日，有人来说：『江北二官人来了。』只见一个大汉同了一伙拳长臂大之人，走将进来，问道：『大哥何在？』小娥应道：『大官人在里面，等谢保去请出来。』小娥便去对申蔺说了。申蔺走出堂前来道：『二弟多时不来了，甚风吹得到此？况且又同众兄弟来到，有何话说？』二官人道：『小弟申春，今日江上获得两个二十斤来重的大鲤鱼，不敢自吃，买了一坛酒，来与大哥同享。』申蔺道：『多承二弟厚意。如此大鱼，也是罕物！我辈托神道福佑多年，我意欲将此鱼此酒，再加些鸡肉果品之类，赛一赛神，以谢覆庇，然后我们同散福受用方是。不然只一味也不好下酒。况列位在此，无有我不破钞，反吃白食的。二弟意下如何？』众人都拍手道：『有理，有理。』申蔺就叫谢保过来见了二官人，道：『这是我家雇工，极是老实勤紧可托的。』就分付他，叫去买办食物。小娥领命走出，一霎时就办得齐齐整整，摆列起来。申春道：『此人果是能事，怪道大哥出外，放得家里下，元来有这样得力人在这里。』众人都赞叹一番。申蔺叫谢保把福物摆在一个养家神道前了。申春道：『须得写众人姓名，通诚一番。我们几个都识字不透，这事却来不得。』申蔺道：『谢保写得好字。』申春道：『又会写字，难得，难得。』小娥就走去，将了纸笔，排

头写来，少不得申蘭、申春为首，其余各报将名来，一个个写。小娥一头写着，一头记着，方晓得果然这个叫得申春。

献神已毕，就将福物收去整理一整理，重新摆出来。大家欢哄饮啖，却不提防小娥是有心的，急把其余名字一个个都记将出来，写在纸上，藏好了。私自叹道：『好个李判官！精悟玄鉴，与梦语符合如此！此乃我父夫精灵不泯，天启其心。今日仇人都在，我志将就了。』急急走来伏侍，只拣大碗频频斟与蘭、春二人。二人都是酒徒，见他如此殷勤，一发喜欢，大碗价只顾吃了，那里猜他有甚别意？天色将晚，众贼俱已酣醉。各自散去。只有申春留在这里过夜，未散。小娥又满满斟了热酒，奉与申春道：『小人谢保，到此两年，不曾伏侍二官人，今日小人借花献佛，多敬一杯。』又斟一杯与申蘭道：『大官人请陪一陪。』申春道：『好个谢保，会说会劝！』申蘭道：『我们不要辜负他孝敬之意，尽量多饮一杯才是。』又与申春说谢保许多好处。小娥谦称一句，就献一杯，不干不住。两个被他灌得十分酩酊。元来江边苦无好酒，群盗只吃的是烧刀子；这一坛是他们因要尽兴，买那真正滴花烧酒，是极狠的。况吃得多了，岂有不醉之理？

申蘭醉极苦热，又走不动了，就在庭中袒了衣服眠倒了。申春也要睡，还走得动，小娥就扶他到一个房里，床上眠好了。走到里面看时，元来蘭氏在厨下整酒时，闻得酒香扑鼻，因吃夜饭，也自吃了碗把。两个丫头递酒出来，各各偷些尝尝。女人家经得多少浓味？一个个伸腰打盹，却像着了孙行者磕睡虫的。小娥见如此光景，想道：『此时不下手，更待何时？』又想道：『女人不打紧，只怕申春这厮未睡得稳，却是利害。』就拿把锁，把申春睡的房门锁好了。走到庭中，衣襟内拔出佩刀，把申蘭一刀断了他头。欲待再杀申春，终究是女人家，见申春起初走得动，只怕还未甚醉，不敢轻惹他。忙走出来邻里间，叫道：『有烦诸位与我出力，拿贼则个！』邻人多是平日与他相好的，听得他的声音，多走将拢来，问道：『贼在那里？我们帮你拿去。』小娥道：『非是小可的贼，乃是江洋杀人的大强盗，赃证都在。今被我灌醉，锁住在房中，须赖人力擒他。』小娥平日结识的，好些好事的人在内，见说是强盗，都摩拳擦掌道：『是甚么人？』小娥道：『就是小人的主人与他兄弟，惯做强盗。家中货财千万，都是赃物。』内中也有的道：『你在他家中，自然知他备细不差；只是没有被害失主，不好卤莽得。』小娥道：『小人就是被害失主。小人父亲与一个亲眷，两家数十口，都被这伙人杀了。而今家中金银器皿上还有我家名字记号，须认得出。』一个老成的道：『此话是真。那申家踪迹可疑，身子常不在家，又不做生理，却如此暴富。我们只是不查得他的实迹，又怕他凶暴，所以不敢发觉。今既有谢小哥做证，我们助他一臂，擒他兄弟两个送官，等他当官追究为是。』小娥道：『我已手杀一人，只须列位助擒得一个。』众人见说已杀了一人，晓得事体必要经官，又且与小娥相好的多，恨申蘭的也不少，一齐点了火把，望申家门里进来，只见申蘭已挺尸在血泊里。开了房门，申春鼾声如雷，还在睡梦。众人把索子捆住，申春还挣扎道：『大哥不要取笑。』众人骂他：『强盗！』他兀自未醒。众人捆好了，一齐闯进内房来。那蘭氏饮酒不多，醒得快。惊起身来，见了众人火把，只道是强盗来了，口里道：『终日去打劫人，今日却有人来打劫了。』众人听得，一发道是谢保之言为实。喝道：『胡说！谁来打劫你家？你家强盗事发了。』也把蘭氏与两个丫鬟拴将起来。蘭氏道：『多是丈夫与叔叔做的事，须与奴家无干。』众人道：『说不得，自到当官去对。』此时小娥恐人多抢散了赃物，先已把平日收贮之处安顿好了，锁闭着。明请地方加封，告官起发。

闹了一夜，明日押进浔阳郡来。浔阳太守张公开堂，地方人等解到一干人犯。小娥手执首词，首告人命强盗重情。此时申春宿酒已醒，明知事发，见对理的却是谢保，晓得哥哥平日有海底眼在他手里，却不知其中就里，乱喊道：『此是雇工背主，假捏出来的事。』小娥对张太守指着申春道：『他兄弟两个为首，十年前杀了豫章客谢、段二家数十人，如何还要抵赖？』太守道：『你敢在他家佣工，同做此事，而今待你有些不是处，你先出首了么？』小娥道：『小人在他家佣工，止得二年。此是他十年前事。』太守道：『这等，你如何晓得？有甚凭据？』小娥道：『他家中所有物件，还有好些是谢、段二家之物，即此便是凭据。』太守道：『你是谢家何人？却认得是？』小娥道：『谢是小人父家，段是小人夫家。』太守道：『你是男子，如何说是夫家？』小娥道：『爷爷听禀：小妇人实是女人，不是男子。只因两家都被二盗所杀，小妇人撺入水中，遇救得活。后来父、夫托梦，说杀人姓名乃是十二个字谜，解说不出。遍问识者，无人参破。幸有洪州李判官，解得是申蘭、申春。小妇人就改妆作男子，遍历江湖，寻访此二人。到得此郡，有出榜雇工者，问是申蘭，小妇人有心，就投了他家。看见他出没踪迹，又认识旧物，明知他是大盗，杀父的仇人。未见申春，不敢动手。昨日方才同来饮酒，故此小妇人手刃了申蘭，叫破地方同擒了申春。只此是实。』太守见说得希奇，就问道：『那十二字谜语如何的？』小娥把十二字念了一遍。太守道：『如何就是申蘭、申春？』小娥又把李公佐所解之言，照前述了一遍。太守连连点头道：『是，是，是。快哉李君，明悟若此！他也与我有交，这事是真无疑。但你既是女人扮作男子，非止一日，如何得不被人看破？』小娥道：『小妇人冤仇在身，日夜提心吊胆，岂有破绽露出在人眼里？若稍有泄漏，冤仇怎报得成？』太守心中叹道：『有志哉，此妇人也！』

又唤地方人等起来，问着事由。地方把申家向来踪迹可疑，及谢保两年前雇工，昨夜杀了申蘭，协同擒了申春并他家属，今日解府的话，备细述了一遍。太守道：『赃物何在？』小娥道：『赃物向托小妇人掌管，昨夜跟同地方，封好在那里。』太守即命公人押了小娥，与同地方到申蘭家起赃。金银财货，何止千万！小娥俱一一登有簿籍，分毫不爽，即时送到府堂。太守见金帛满庭，知盗情是实，把申春严刑拷打，蘭氏亦加拶指，都抵赖不得，一一招了。太守又究余党，申春还不肯说，只见小娥袖中取出所抄的名姓，呈上太守道：『这便是群盗的名了。』太守道：『你如何知得恁细？』小娥道：『是昨日叫小妇人写了连名赛神的。小妇人默自抄记，一人也不差。』太守一发叹赏他能事。便唤申春研问着这些人住址，逐名注明了。先把申春下在牢里，蘭氏、丫鬟讨保官卖。然后点起兵快，登时往各处擒拿。正似瓮中捉鳖，没有一个走得脱的。齐齐擒到，俱各无词。太守尽问成重罪，同申春下在死牢里。乃对小娥道：『盗情已真，不必说了。只是你不待报官，擅行杀戮，也该一死。』小娥道：『大仇已报，立死无恨。』太守道：『法上虽是如此，但你孝行可靠，志节堪敬，不可以常律相拘。待我申请朝廷，讨个明降，免你死罪。』小娥叩首称谢。太守叫押出讨保。小娥禀道：『小妇人而今事迹已明，不可复与男子混处，只求发在尼庵，听候发落为便。』太守道：『一发说得是。』就叫押在附近尼庵，讨个收管，一面听候圣旨发落。

太守就将备细情节奏上。内云：

谢小娥立志报仇，梦寐感通，历年乃得。明系父仇，又属真盗。不

帷擅杀之条，原情可免；又且矢志之事，核行可旌！云云。元和十二年四月。

明旨批下：『谢小娥节行异人，准奏免死，有司旌表其庐。中春即行处斩。』不一日，到浔阳郡府堂开读了毕。太守命牢中取出申春等死囚来，读了犯由牌，押付市曹处斩。小娥此时已复了女装，穿了一身素服，法场上看斩了申春，再到府中拜谢张公。张公命花红鼓乐，送他归本里。小娥道：『父死夫亡，虽蒙相公奏请朝廷恩典，花红鼓乐之类，决非孀妇敢领。』太守越敬他知礼，点一官媪，伴送他到家，另自差人旌表。

此时哄动了豫章一郡，小娥父夫之族，还有亲属在家的，多来与小娥相见问讯。说起事由，无不悲叹惊异。里中豪族慕小娥之名，央媒求聘的殆无虚日。小娥誓心不嫁，道：『我混迹多年，已非得已；若今日嫁人，女贞何在？宁死不可！』争奈来缠的人越多了，小娥不耐烦分诉，心里想道：『昔年妙果寺中，已愿为尼，只因冤仇未报，不敢落发。今吾事已毕，少不得皈依三宝，以了终身。不如趁此落发，绝了众人之愿。』小娥遂将剪子先将髻子剪下，然后用剃刀剃净了，穿了褐衣，做个行脚僧打扮，辞了亲属出家访道，竟自飘然离了本里。里中人越加叹诵。不题。

且说元和十三年六月，李公佐在家被召，将上长安，道经泗滨，有善义寺尼师大德，戒律精严，多曾会过，信步往谒。大德师接入客座，只见新来受戒的弟子数十人，俱净发鲜披，威仪雍容，列侍师之左右。内中一尼，仔细看了李公佐一回，问师道：『此官人岂非是洪州判官李二十三郎？』师点头道：『正是。你如何认得？』此尼即泣下数行道：『使我得报家仇，雪冤耻，皆此判官恩德也！』即含泪上前，稽首拜谢。李公佐却不认得，惊起答拜，道：『素非相识，有何恩德可谢？』此尼道：『某名小娥，即向年瓦官寺中乞食孀妇也。尊官其时以十二字谜语，辨出申蘭、申春二贼名姓，尊官岂忘之乎？』李公佐想了一回，方才依稀记起，却记不全。又问起是何十二字，小娥再念了一遍，李公佐豁然省悟道：『一向已不记了，今见说来，始悟前事。后来果访得有此二人否？』小娥因把扮男子，投申蘭，擒申春并余党，数年经营艰苦之事，从前至后，备细告诉了毕，又道：『尊官恩德，无可以报，从今惟有朝夕诵经保佑而已。』李公佐问道：『今如何恰得在此处相会？』小娥道：『复仇已毕，其时即剪发披褐，访道于牛头山，师事大士庵尼将律师。苦行一年，今年四月始受其戒于泗州开元寺，所以到此。岂知得遇恩人，莫非天也！』李公佐道：『即已受戒，是何法号？』小娥道：『不敢忘本，只仍旧名。』李公佐叹息道：『天下有如此至心女子！我偶然辨出二盗姓名，岂知誓志不舍，毕竟访出其人，复了冤仇。又且佣保杂处，无人识得是个女人，岂非天下难事！我当作传以旌其美。』小娥感泣，别了李公佐，仍归牛头山。扁舟泛淮，云游南国，不知所终。李公佐为撰《谢小娥传》，流传后世，载入《太平广记》。

诗云：

匕首如霜铁作心，精灵万载不销沉。
西山木石填东海，女子衔仇分外深。

又云：

梦寐能通造化机，天教达识剖玄微。
姓名一解终能报，方信双魂不浪归。

第二十回

李克让竟达空函　刘元普双生贵子

诗曰：

全婚昔日称裴相，助殡千秋慕范君。
慷慨奇人难屡见，休将仗义望朝绅！

这一首诗，单道世间人周急者少，继富者多。为此，达者便说：『只有锦上添花，那得雪中送炭？』只这两句话，道尽世人情态。比如一边有财有势，那趋财慕势的多只向一边去。这便是俗语叫做『一帆风』，又叫做『鹁鸽子旺边飞』。若是财利交关，自不必说。至于婚姻大事，儿女亲情，有贪得富的，便是王公贵戚，自甘与团头作对；有嫌着贫的，便是世家巨族，不得与甲长联亲。自道有了一分势要，两贯浮财，便不把人看在眼里。况有那身在青云之上，拔人于淤泥之中，重捐己资，曲全婚配。恁般样人，实是从前寡见，近世罕闻。冥冥之中，天公自然照察。元来那『夫妻』二字，极是郑重，极宜斟酌，报应极是昭彰，世人决不可戏而不戏，胡作乱为。或者因一句话上成就了一家儿夫妇，或者因一纸字中拆散了一世的姻缘。就是陷于不知，因果到底不爽。

且说南直长洲有一村农，姓孙，年五十岁，娶下一个后生继妻。前妻留下个儿子，一房媳妇，且是孝顺。但是爹娘的说话，不论好歹真假，多应在骨里的信从。那老儿和儿子，每日只是锄田耙地，出去养家过活。婆媳两个，在家绩麻拈苎，自做生理。却有一件奇怪：元来那婆子虽数上了三十多个年头，十分的不长进，又道是『妇人家入土方休』，见那老子是个养家经纪之人，不恁地理会这些勾当，所以闲常也与人做了些不伶俐的身份，几番几次，漏在媳妇眼里。那媳妇自是个老实勤谨的，只以孝情为上，小心奉事翁姑，那里有甚心去捉他破绽？谁知道无心人对有心人，那婆子自做了这些话把，被媳妇每每冲着，虚心病了，自没意思，却恐怕有甚风声吹在老子和儿子耳朵里，颠倒在老子面前搬斗。又道是『枕边告状，一说便准』，那老子信了婆子的言语，带水带浆的羞辱毁骂了儿子几次。那儿子是个孝心的人，听了这些话头，没个来历，直摆布得夫妻两口终日合嘴合舌，甚不相安。

看官听说：世上只有一夫一妻，一竹竿到底的，始终有些正气，自不甘学那小家腔派。独有最狠毒、最狡猾、最短见的是那晚婆，大概不是一婚两婚人，便是那低门小户、减剩货与那不学好、为夫所弃的这几项人，极是『老唧溜』，也会得使人喜，也会得使人怒，弄得人死心塌地，不敢不从。元来世上妇人，除了那十分贞烈的，说着那话儿，无不着紧。男子汉到中年筋力渐衰，那娶晚婆的，大半是中年人做的事，往往男大女小，假如一个老苍男子，娶了水也似一个娇嫩妇人，纵是千箱万斛，尽你受用，却是那话儿有些支吾不过，自觉得过意不去。随你有万分不是处，也只得依顺了他。所以那家庭间，每每被这等人吵得十清九浊。

这闲话且放过，如今再接前因。话说吴江有个秀才萧王宾，胸藏锦绣，笔走龙蛇，因家贫，在近处人家处馆，早出晚归。主家间壁是一座酒肆，店主唤做熊敬溪，店前一个小小堂子，供着五显灵官。那王宾因在主家出入，与熊店主厮熟。忽一夜，熊店主得其一梦，梦见那五位尊神对他说道：『萧状元终日在此来往，吾等见了坐立不安。可为吾等筑一堵短壁儿，在堂子前遮蔽遮蔽』。店主醒来，想道：『这梦甚是蹊跷。说甚么萧状元，难道便是在间壁处馆的那个萧秀才？我想恁般

初刻拍案惊奇

一个寒酸措大，如何便得做状元？」心下疑惑，却又道：「除了那个姓萧的，却又不曾与第二个姓萧的识熟。「凡人不可貌相，海水不可斗量」。况是神道的言语，宁可信其有，不可信其无。」次日起来，当真在堂子前面堆起一堵短墙，遮了神圣，却自放在心里不题。

隔了几日，萧秀才往长洲探亲。经过一个村落人家，只见一伙人聚在一块，在那里喧嚷。萧秀才挨在人丛里看一看，只见众人指着道：「这不是一位官人？来得凑巧，是必央及这官人则个，省得我们村里人去寻门馆先生。」连忙请萧秀才坐着，将过纸笔道：「有烦官人写一写，自当相谢。」萧秀才道：「写个甚么？且说个缘故。」只见一个老儿与一个小后生走过来道：「官人听说：我们是这村里人，姓孙。爷儿两个，一个阿婆，一房媳妇。叵耐媳妇十分不学好，到终日与阿婆斗气。我两个又是养家经纪人，一年到头，没几时住在家里。这样妇人，若留着他，到底是个是非堆。为此，今日将他发还娘家，任从别嫁。他每众位多是地方中见。为是要写一纸休书，这村里人没一个通得文墨。见官人经过，想必是个有才学的，因此相烦官人替写一写。」萧秀才道：「原来如此，有甚难处？」便逞着一时见识，举笔一挥，写了一纸休书交与他两个。他两个便将五钱银子送秀才，作润笔之资。秀才笑道：「这几行字值得甚么？我却受你银子！」再三不接，拂着袖子，撇开众人，径自去了。

这里自将休书付与妇人。那妇人可怜勤勤谨谨，做了三四年媳妇，没缘没故的休了他，咽着这一口怨气，扯住了丈夫，哭了又哭，号天拍地的不肯放手。口里说道：「我委实不曾有甚歹心负了你，你听着一面之词，离异了我。我生前无分辨处，做鬼也要明白此事！今世不能和你相见了，便死也不忘记你。」这几句话，说得旁人俱各掩泪。他丈夫也觉得伤心，忍不住哭起来。却只有那婆子看着，恐怕儿子有甚变卦，流水和老儿两个拆开了手，推出门外。那妇人只得含泪去了，不题。

再说那熊店主，重梦见五显灵官对他说道：「快与我等拆了面前短壁，拦着十分郁闷。」店主梦中道：「神圣前日分付小人起造，如何又要拆毁？」灵官道：「前日为萧秀才时常此间来往，他后日当中状元，我等见了他坐立不便，所以教你筑墙遮蔽。今他于某月某日，替某人写了一纸休书，拆散了一家夫妇，上天鉴知，减其爵禄。今职在吾等之下，相见无碍，以此可拆。」那店主正要再问时，一跳惊醒。想道：「好生奇异！难道有这等事？明日待我问萧秀才，果有写休书一事否，便知端的。」

明日当真先拆去了壁，却好那萧秀才踱将来，店主邀住道：「官人，有句说话。请店里坐地。」人到里面坐定吃茶，店主动问道：「官人曾于某月某日与别人代写休书么？」秀才想了一会道：「是曾写来，你怎地晓得？」店主遂将前后梦中灵官的说话，一一告诉了一遍。秀才听罢目睁口呆，懊悔不迭。后来果然举了孝廉，只做到一个州地位。那萧秀才因一时无心失误上，白送了一个状元。世人做事，决不可不检点。曾有诗道得好：

人生常好事，作者不自知。
起念埋根际，须思决局时。
动止虽微渺，干连已弥滋。
昏昏罹天网，方知悔是迟。

试看那拆人夫妇的，受祸不浅，便晓得那完人夫妇的，获福非轻。如今单说前代一个公卿，把几个他州外族之人，认做至亲骨肉，撮

合了才子佳人，保全了孤儿寡妇，又安葬了朽骨枯骸。如此阴德，又不止是完人夫妇了。所以后来受天之报，非同小可。

这话文出在宋真宗时，西京洛阳县有一官人，姓刘，名弘敬，字元普，曾任过青州刺史，六十岁上告老还乡。继娶夫人王氏，年尚未满四十。广有家财，并无子女。一应田园、典铺，俱托内侄王文用管理。自己只是在家中广行善事，仗义疏财，挥金如土。从前至后，已不知济过多少人了，四方无人不闻其名。只是并无子息，日夜忧心。

时遇清明节届，刘元普分付王文用整备了牺牲酒醴，往坟茔祭扫。与夫人各乘小轿，仆从在后相随。不逾时，到了坟上，浇奠已毕，元普拜伏坟前，口中说着几句道：

堪怜弘敬年垂迈，不孝有三无后大。七十人称自古稀，残生不久留尘界。今朝夫妇拜坟茔，他年谁向坟茔拜？膝下萧条未足悲，从前血食何容艾？天高听远实难凭，一脉宗亲须悯爱。诉罢中心泪欲枯，先灵英爽知何在？

当下刘元普说到此处，放声大哭。旁人俱各悲凄。那王夫人极是贤德的，拭着泪上前劝道：「相公请免愁烦，虽是年纪将暮，筋力未衰，妾身纵不能生育，当别娶少年为妻，子嗣尚有可望，徒悲无益。」刘元普见说，只得勉强收泪，分付家人送夫人乘轿先回。自己留一个家僮相随，闲行散闷，徐步回来。

将及到家之际，遇见一个全真先生，手执招牌，上写道：「风鉴通神」。元普见是相士，正要卜问子嗣，便延他到家中来坐。吃茶已毕，元普端坐，求先生细相。先生仔细相了一回，略无忌讳，说道：「观使君气色，非但无嗣，寿亦在旦夕矣。」元普道：「学生年近古稀，死亦非夭。子嗣之事，至此暮年，亦是水中捞月了。但学生自想，生平虽无大德；济弱扶倾，矢心已久。不知如何罪业，遂至殄绝祖宗之祀？」先生微笑道：「使君差矣！自古道：「富着怨之丛」。」使君广有家私，岂能一一综理？彼任事者只顾肥家，不存公道，大斗小秤，侵剥百端，以致小民愁怨。使君纵然行善，只好功过相酬耳，恐不能获福也。使君但当悉杜其弊，益广仁慈；多福多寿多男，特易易耳。」元普闻言，默然听受。先生起身作别，不受谢金，飘然去了。元普知是异人，深信其言，遂取田园、典铺帐目一一稽查，又潜往街市、乡间，各处探听，尽知其实。遂将众管事人一一申饬，并妻侄王文用也受了一番呵叱。自此益修善事，不题。

却说汴京有个举子李逊，字克让，年三十六岁。亲妻张氏，生子李彦青，小字春郎，年方十七。本是西粤人氏，只为与京师寓远，十分孤贫，不便赴试。数年前挈妻携子，流寓京师。却喜中了新科进士，除授钱塘县尹，择个吉日，一同到了任所。李克让看见湖山佳胜，宛然神仙境界，不觉心中爽然。谁想贫儒命薄，到任未及一月，犯了个不起之症。正是：

浓霜偏打无根草，祸来只奔福轻人。

那张氏与春郎请医调治，百般无效，看看待死。

一日李克让唤妻子到床前，说道：「我苦志一生，得登黄甲，死亦无恨。但只是无家可奔，无族可依，撇下寡妇孤儿，如何是了？可痛！可怜！」说罢，泪如雨下。张氏与春郎在旁劝住。克让想道：「久闻洛阳刘元普仗义疏财，名传天下，不论识认不识认，但是以情相求，无有不应。除是此人，可以托妻寄子。」便叫：「娘子，扶我起来坐了。」又叫儿子春郎取过文房四宝，正待举笔，忽又停止，心中好生踌躇道：「我与他从来无交，难叙寒温。这书如何写得？」疾忙心生一计，分

付妻儿取汤取水，把两个人都遣开了。及至取得汤水来时，已自把书重重封固，上面写十五字，乃是『辱弟李逊书呈洛阳恩兄刘元普亲拆』。把来递与妻儿收好，说道：『我有个八拜为交的故人，乃青州刺史刘元普，本籍洛阳人氏。此人义气干霄，必能济汝母子。将我书前去投他，料无阻拒。可多多拜上刘伯父，说我生前不及相见了。』随分付张氏道：『二十载恩情，今长别矣。倘蒙伯父收留，全赖小心相处。必须教子成名，补我未逮之志。你已有遗腹两月，倘得生子，使其仍读父书；若生女时，将来许配良人。我虽死亦瞑目。』又分付春郎道：『汝当事刘伯父如父，事刘伯母如母。又当孝敬母亲，励精学业，以图荣显，我死犹生。如违我言，九泉之下，亦不安也！』两人垂泪受教。又嘱咐道：『身死之后，权寄棺木浮丘寺中，俟投过刘伯父，徐图殡葬。但得安土埋藏，不须重到西粤。』说罢，心中哽咽，大叫道：『老天！老天！我李逊如此清贫，难道要做满一个县令，也不能勾！』当时蓦然倒在床上，已自叫唤不醒了。正是：

君恩新荷喜相随，谁料天年已莫追！
休为李君伤夭逝，四龄已可傲颜回。

张氏、春郎各各哭得死而复苏。张氏道：『撇得我孤孀二人好苦！倘刘君不肯相容，如何处置？』春郎道：『如今无计可施，只得依从遗命。我爹爹最是识人，或者果是好人，也不见得。』张氏即将囊橐检点，那曾还剩得分文？元来李克让本是极孤极贫的，做人甚是清方。到任又不上一月，虽有些少，已为医药废尽了。还亏得同僚相助，将来买具棺木盛殓，停在衙中。母子二人朝夕哭奠，过了七七之期，依着遗言，寄柩浮丘寺内。收拾些小行李盘缠，带了遗书，饥餐渴饮，夜宿晓行，取路投洛阳县来。

道：『我观李氏子，仪容志气，后来必然大成。我若得这般一个儿子，真可死而无恨。今年华已去，子息杳然，为此不觉伤感。』夫人道：『我屡次劝相公娶妾，只是不允。如今定为相公觅一侧室，管取宜男。』元普道：『夫人休说这话，我虽垂暮，你却尚是中年。若是天不绝我刘门，难道你不能生育？若是命中该绝，纵使姬妾盈前，也是无干。』说罢，自出去了。夫人这番却主意要与丈夫娶妾。晓得与他商量，定然推阻，便私下叫家人唤将做媒的薛婆来，说知就里，又嘱付道：『直待事成之后，方可与老爷得知。必用心访个德容兼备的，或者老爷才肯相爱。』薛婆一一应诺而去。过不多日，薛婆寻了几头来说，领来看了，没一个中夫人的意。薛婆道：『此间女子，只好恁样。除非汴梁帝京五方杂聚去处，才有出色女子。』恰好王文用有别事要进京，夫人把百金密托了他，央薛婆与他同去寻觅。薛婆也有一头媒事要进京，两得其便，就此起程不题。

如今再表一段缘因，话说汴京开封府祥符县有一进士，姓裴名习，字安卿，年登五十，夫人郑氏早亡。单生一女，名唤兰孙，年方二八，仪容绝世。裴安卿做了郎官几年，升任襄阳刺史。有人对他说道：『官人向来清苦，今得此美任，此后只愁富贵不愁贫了。』安卿笑道：『富自何来？每见贪酷小人，惟利是图，不过使这儿家治下百姓卖儿贴妇，充其囊橐，此真狼心狗行之徒！天子教我为民父母，岂是教我残害子民？我今此去，惟吃襄阳一杯淡水而已。贫者人之常，叨朝廷之禄，不至冻馁足矣，何求富为！』裴安卿立心要作个好官，选了吉日，带了女儿起程赴任。不则一日，到了襄阳。莅任半年，治得那一府物阜民安，词清讼简。民间造成几句谣词，说道：

襄阳府前一条街，一朝到了裴天台。

却说刘元普一日正在书斋闲玩古典，只见门上人报道：『外有母子二人，口称西粤人氏，是老爷至交亲戚，有书拜谒。』元普心下着疑，想道：『我那里来这样远亲？』便且叫请进。母子二人，走到跟前，施礼已毕，元普道：『老夫与贤母子在何处识面？实有遗忘，伏乞详示。』李春郎笑道：『家母、小侄，其实不曾得会。先君却是伯父至交。』元普便请姓名。春郎道：『先君李逊，字克让，母亲张氏。小侄名彦青，字春郎。本贯西粤人氏。先君因赴试，流落京师，以后得第，除授钱塘县尹。一月身亡，临终时怜我母子无依，说有洛阳刘伯父，是幼年八拜至交，特命亡后赍了手书，自任所前来拜恳。故此母子造宅，多有惊动。』元普闻言，茫然不知就里。春郎便将书呈上，元普看了封签上面十五字，好生诧异。及至拆封看时，却是一张白纸。吃了一惊，默然不语，左右想了一回，猛可里心中省悟道：『必是这个缘故无疑，我如今不要说破，只教他母子得所便了。』张氏母子见他沉吟，只道不肯容纳，岂知他却是天大一场美意！元普收过了书，便对二人说道：『李兄果是我八拜至交，指望再得相会，谁知已作古人？可怜！可怜！今你母子就是我自家骨肉，在此居住便了。』便叫请出王夫人来说知来历，认为妯娌。春郎以子侄之礼自居，当时摆设筵席，款待二人。酒间说起李君灵柩在任所寺中，元普一力应承殡葬之事。王夫人又与张氏细谈，已知他有遗腹两月了。酒散后，送他母子到南楼安歇。家伙器皿无一不备，又拨几对僮仆服侍。每日三餐，十分丰美。张氏母子得他收留，已自过望，谁知如此殷勤，心中感激不尽。过了几时，元普见张氏德性温存，春郎才华英敏，更兼谦谨老成，愈加敬重。又一面打发人往钱塘扶柩。

忽一日，正与王夫人闲坐，不觉掉下泪来。夫人忙问其故，元普

六房吏书古打盹，门子皂隶古砍柴。

光阴荏苒，又是六月炎天。一日，裴安卿与兰孙吃过午饭，暴暑难当。安卿命汲井水解热，霎时井水将到。安卿吃了两盅，随后叫女儿吃。兰孙饮了数口，说道：『爹爹，恁样淡水，亏爹爹怎生吃下诸多！』安卿道：『休说这般折福的话！你我有得这水吃时，也便是神仙了，岂可嫌淡！』兰孙道：『爹爹，如何便见得折福？这样时候，多少王孙公子雪藕调冰，浮瓜沉李，也不为过。爹爹身为郡侯，饮此一杯淡水，还道受用，也太迂阔了！』安卿道：『我儿不谙事务，听我道来。假如那王孙公子，倚傍着祖宗的势耀，顶戴着先人积攒下的浮财，不知稼穑，又无甚事业，只图快乐，落得受用。却不知乐极悲生，也终有马死黄金尽的时节；纵不然，也是他生来有这些福气。你爹爹贫寒出身，又叨朝廷民社之责，须不能勾比他。还有那一等人，假如当此天道，为将边庭，身披重铠，手执戈矛，日夜不能安息，又且死生朝不保暮。更有那荷锸农夫，经商工役，辛勤陇陌，奔走泥涂，雨汗通流，还禁不住那当空日晒。你爹爹比他不已是神仙了？又有那下一等人，一时过误，问成罪案，困在囹圄，受尽鞭棰，还要肘手镣足，这般时节，拘于那不见天日之处，休说冷水，便是泥汁也不能勾。求生不得生，求死不得死，父娘皮肉，痛痒一般，难道偏他们受得苦起？你爹爹比他，岂不是神仙？今司狱司中见有一二百名罪人，吾意欲散禁他每，在狱日给冷水一次，待交秋再作理会。』兰孙道：『爹爹未可造次。狱中罪人，皆不良之辈，若轻松了他，倘有不测，受累不浅。』安卿道：『我以好心待人，人岂负我？我但分付牢子紧守监门便了。』也是合当有事。只因这一节，有分教：

应死囚徒俱脱网，施仁郡守反遭殃。

次日，安卿升堂，分付狱吏将囚人散禁在牢，日给凉水与他，须要小心看守。狱卒应诺了。当日便去牢里，松放了众囚，各给凉水。牢子们紧紧看守，不致疏虞。过了十来日，牢子们就懈怠了。忽又是七月初一日，狱中旧例：每逢月朔便献一番利市。那日烧过了纸，众牢子们都去吃酒散福。从下午吃起，直吃到黄昏时候，一个个酩酊烂醉。那一干囚犯，初时见狱中宽纵，已自起心越牢。内中有几个有见识的，密地教对付些利器，暗藏在身边。当日见众人已醉，就便乘机发作。约莫到二更时分，狱中一片声喊起，一二百罪人，一齐动手。先将那当牢的禁子杀了，打出牢门，将那狱吏牢子一个个砍翻，撞见的，多是一刀一个。有的躲在黑暗里听时，只听得喊道：『太爷平时仁德，我每不要杀他！』直反到各衙门，杀了几个佐贰官。那时正是清平时节，城门还未曾闭，众人呐声喊，一哄逃走出城。正是：

鳌鱼脱却金钩去，摆尾摇头再不来。

那时裴安卿听得喧嚷，在睡梦中惊觉，连忙起来，早已有人报知。裴安卿听说，却正似顶门上失了三魂，脚底下荡了七魄，连声只叫得苦，悔道：『不听兰孙之言，以至于此！谁知道将仁待人，被人不仁！』一面点起民壮，分头追捕。多应是海底捞针，那寻一个？

次日这桩事，早报与上司知道，少不得动了一本。不上半月，已到汴京，奏章早达天听。天子与群臣议处。若是裴安卿是个贪赃刻薄、阿谀谄佞的，朝中也还有人喜他。只为平素心性刚直，不肯趋奉权贵，况且一清如水，俸资之外，毫不苟取，那有钱财夤缘势要？所以无一人与他辨冤，多道：『纵囚越狱，典守者不得辞其责。又且杀了佐贰，独留刺史，事属可疑，合当拿问。』天子准奏，即便批下本来，着法司差官扭解到京。那时裴安卿便是重出世的召父，再生来的杜母，也只得低头受缚。却也道自己素有政声，还有辨白之处，叫兰孙收拾了行李，父女两个同了押解人起程。

不则一日，来到东京。那裴安卿旧日住居，已奉圣旨抄没了。僮仆数人，分头逃散，无地可以安身。还亏得郑夫人在时，与清真观女道往来，只得借他一间房子，与兰孙住下了。次日，青衣小帽，同押解人到朝候旨。奉圣旨：下大理狱鞫审。即刻便自进牢。兰孙只得将了些钱钞，买上告下，去狱中传言寄语，担茶送饭。元来裴安卿年衰力迈，受了惊惶，又受了苦楚，日夜忧虞，饮食不进。兰孙没处送饭，枉自费了银子。

一日，见兰孙正到狱门首来，便唤住女儿说道：『我气塞难当，今日大分必死。只为为人慈善，以致招祸，累了我儿。虽然罪不及孥，只是我死之后，无路可投；作婢为奴，定然不免！』那安卿说到此处，好如万箭钻心，长号数声而绝。还喜未及会审，不受那三木囊头之苦。兰

孙跌脚捶胸，哭得个发昏章第十一。欲要领取父亲尸首，又道是『朝廷罪人，不得擅便！』当时兰孙不顾死生利害，闯进大理寺衙门，哭诉越狱根由，哀感旁人。幸得那大理寺卿，还是个有公道的人，见了这般情状，恻然不忍。随即进一道表章，上写着：

大理寺卿臣某，勘得襄阳刺史裴习，抚字心劳，提防政拙。虽法禁多疏，自干天谴；而反情无据，可表臣心。今已毙囹圄，宜从宽贷。伏乞速降天恩，赦其遗尸归葬，以彰朝廷优待臣下之心。臣某惶恐上言。

那真宗也是个仁君，见裴习已死，便自不欲苛求，即批准了表章。

兰孙得了这个消息，还算是黄连树下弹琴——苦中取乐。将身边所剩余银，买口棺木，雇人抬出尸首，盛殓好了，停在清真观中，做些羹饭浇奠了一番，又哭得一佛出世。那裴安卿所带盘费，原无几何，到此已用得干干净净了。虽是已有棺木，殡葬之资，毫无所出。兰孙左思右想，道：『只有个舅舅郑公，现任西川节度使，带了家眷在彼，却是路途险远，万万不能搭救。真正无计可施。』事到头来不自由，只得手中拿个草标，将一张纸写着『卖身葬父』四字，到灵柩前拜了四拜，祷告道：『爹爹阴灵不远，保奴前去得遇好人。』拜罢起身，噙着一把眼泪，抱着一腔冤恨，忍着一身羞耻，沿街喊叫。可怜裴兰孙是个娇滴滴的闺中处子，见了一个蓦生人，也要面红耳热的，不想今日出头露面！思念父亲临死言词，不觉寸肠俱裂。正是：

天有不测风云，人有旦夕祸福。
生来运蹇时乖，只得含羞忍辱。
父兮桎梏亡身，女兮街衢痛哭。
纵教血染鹃红，波苍不念茕独！

又道是天无绝人之路，正在街上卖身，只见一个老妈妈走近前来，欠身施礼，问道：『小娘子为着甚事卖身？又恁般愁容可掬？』仔细认认，吃了一惊道：『这不是裴小姐？如何到此地位？』元来那妈妈，正是洛阳的薛婆。郑夫人在时，薛婆有事到京，常在裴家往来的，故此认得。兰孙抬头见是薛婆，就同他走到一个僻静所在，含泪把上项事说了一遍。那婆子家最易眼泪出的，听到伤心之处，不觉也哭起来道：『元来尊府老爷遭此大难！你是个宦家之女，如何做得以下之人？若要卖身，虽然如此娇姿，不到得便为奴作婢，也免不得是个偏房了。』兰孙道：『今日为了父亲，就是杀身，也说不得，何惜其他？』薛婆道：『既如此，小姐请免愁烦。洛阳县刘刺史老爷，年老无儿，夫人王氏要与他娶个偏房，前日曾嘱付我，在本处寻了多时，并无一个中意的，如今因为洛阳一个大姓央我到京中相府求一头亲事，夫人乘便嘱付亲侄王文用带了身价，同我前来遍访。也是有缘，遇着小姐。王夫人原说要个德容两全的，今小姐之貌，绝世无双，卖身葬父，又是大孝之事。这事十有九分了。那刘刺史仗义疏财，王夫人大贤大德，小姐到彼虽则权时落后，尽可快活终身。未知尊意何如？』兰孙道：『但凭妈妈主张，只是卖身为妾，玷辱门庭，千万莫说出真情，只认做民家之女罢了。』薛婆点头道是，随引了兰孙小姐一同到王文用寓所来。薛婆就对他说知备细。王文用远远地瞟去，看那小姐已觉得倾国倾城，便道：『有如此绝色佳人，何怕不中姑娘之意！』正是：

踏破铁鞋无觅处，得来全不费工夫。

当下一边是落难之际，一边是富厚之家，并不消争短论长，已自一说一中。整整克足了一百两雪花银子，递与兰孙小姐收了，就要接他起程。兰孙道：『我本为葬父，故此卖身，须是完葬事过，才好去得。』薛婆道：『小娘子，你孑然一身，如何完得葬事？何不到洛阳成亲之

后，那时浼刘老爷差人埋葬，何等容易！」兰孙只得依从。

那王文用是个老成才干的人，见是要与姑夫为妾的，不敢怠慢。教薛婆与他作伴同行，自己常在前后。东京到洛阳只有四百里之程，不上数日，早已到了刘家。王文用自往解库中去了。薛婆便悄悄地领他进去，叩见了王夫人。夫人抬头看兰孙时，果然是：

脂粉不施，有天然姿格；梳妆略试，无半点尘纷。举止处，态度从容；语言时，声音凄婉。双娥颦蹙，浑如西子入吴时；两颊含愁，正似王嫱辞汉日。可怜妩媚清闺女，权作追随宦室人！

当时王夫人满心欢喜，问了姓名，便收拾一间房子，安顿兰孙，拨一个养娘服事他。

次日，便请刘元普来，从容说道：「老身今有一言，相公幸勿嗔怪！」刘元普道：「夫人有话即说，何必讳言？」夫人道：「相公，你岂不闻『人生七十古来稀』？今你寿近七十，前路几何？并无子息。常言道：『无病一身轻，有子万事足。』久欲与相公纳一侧室，一来为相公持正，不好妄言；二来未得其人，姑且隐忍。今娶得汴京裴氏之女，正在妙龄，抑且才色两绝，愿相公立他做个偏房，或者生得一男半女，也是刘门后代。」刘元普道：「老夫只恐命里无嗣，不欲耽误人家幼女。谁知夫人如此用心，而今且唤他出来见我。」当下兰孙小姐移步出房，倒身拜了。刘元普看见，心中想道：「我观此女仪容动止，决不是个以下之人。」便开口问道：「你姓甚名谁？是何等样人家之女？为甚事卖身？」兰孙道：「贱妾乃汴京小民之女，姓裴，小名兰孙。父死无资，故此卖身殡葬。」口中如此说，不觉暗地里偷弹泪珠。刘元普相了又相道：「你定不是民家之女，不要哄我！我看你愁容可掬，必有隐情。可对我一一直言，与你作主分忧便了。」兰孙初时隐讳，怎当得刘元普再三盘问，只得将那放囚得罪缘由，从前至后，细细说了一遍，不觉泪如涌泉。刘元普大惊失色，也不觉泪下道：「我说不像民家之女，夫人几乎误了老夫！可惜一个好官，遭此屈祸！」忙向兰孙小姐连称：「得罪！」又道：「小姐身既无依，便住在我这里，待老夫选择地基，殡葬尊翁便了。」兰孙道：「若得如此周全，此恩惟天可表！相公先受贱妾一拜。」刘元普慌忙扶起，分付养娘：「好生服事裴家小姐，不得有违！」当时走到厅堂，即刻差人往汴京迎裴使君灵柩。不多日，扶柩到来，却好钱塘李县令灵柩一齐到了。刘元普将来共停在一个庄厅之上，备了两个祭筵拜奠。张氏自领了儿子，拜了亡夫，元普也领兰孙拜了亡父。又延一个有名的地理师，拣寻了两块好地基，等待腊月吉日安葬。

一日，王夫人又对元普说道：「那裴氏女虽然贵家出身，却是落难之中，得相公救拔他的。若是流落他方，不知如何下贱去了。相公又与他择地葬亲，此恩非小，他必甘心与相公为妾的。既是名门之女，或者有些福气，诞育子嗣，也不见得。若得如此，非但相公有后，他也终身有靠，未为不可。望相公思之。」夫人不说犹可，说罢，只见刘元普勃然作色道：「夫人说那里话！天下多美妇人，我欲娶妾，自可别图，岂敢污裴使君之女！刘弘敬若有此心，神天鉴察！」夫人听说，自道失言，顿口不语。刘元普心里不乐，想了一回道：「我也太呆了。我既无子嗣，何不索性认他为女，断了夫人这点念头？」便叫丫鬟请出裴小姐来，道：「我叨长尊翁多年，又同为刺史之职。年华高迈，子息全无，小姐若不弃嫌，欲待螟蛉为女。意下何如？」兰孙道：「妾蒙相公、夫人收养，愿为奴婢，早晚服事。如此厚待，如何敢当？」刘元普道：「岂有此理！你乃宦家之女，偶遭挫折，焉可贱居下流？老夫自有主意，不必过谦。」兰孙道：「相公、夫人正是重生父母，虽粉骨碎身，无可报答。既蒙不鄙微贱，认为亲女，焉敢有违！今日就拜了爹妈。」刘元普欢喜不胜，便对夫人道：「今日我以兰孙为女，可受他全礼。」当下兰孙插烛也似的拜了八拜。自此便叫刘相公、夫人为爹爹、母亲，十分孝敬，倍加亲热。夫人又说与刘元普道：「相公既认兰孙为女，须当与他择婿。侄儿王文用青年丧偶，管理多年，才干精敏，也不辱没了女儿。相公何不与他成就了这头亲事？」刘元普微微笑道：「内侄继娶之事，少不得在老夫身上。今日自有主意，你只管打点妆奁便了。」夫人依言。元普当时便拣下了一个成亲吉日，到期宰杀猪羊，大排筵会，遍请乡绅亲友，并李氏母子，内侄王文用一同来赴庆喜华筵。众人还只道是刘公纳宠，王夫人也还只道是与侄儿成婚。正是：

万丈广寒难得到，嫦娥今夜落谁家？

看看吉时将及，只见刘元普教人捧出一套新郎衣饰，摆在堂中。刘元普拱手向众人说道：「列位高亲在此，听弘敬一言：敬闻『利人之色不仁，乘人之危不义』。襄阳裴使君以枉事系狱身死，有女兰孙，年方及笄。荆妻欲纳为妾，弘敬宁乏子嗣，决不敢污使君之清德。内侄王文用虽有综理之才，却非仕宦中人，亦难以配公侯之女。惟我故人李县令之子彦青者，既出望族，又值青年，貌比潘安，才过子建，诚所谓『窈窕淑女，君子好逑』者也。今日特为两人成其佳偶。诸公以为何如？」众人异口同声，赞叹刘公盛德。李春郎出其不意，却待推逊，刘元普那里肯从？便亲手将新郎衣巾与他穿带了。次后笙歌鼎沸，灯火荧煌，远远听得环佩之声，却是薛婆做喜娘，几个丫鬟一同簇拥着兰孙小姐出来。一位新人，立在花毡之上，交拜成礼。真是说不尽那奢华富贵，但见：

『粉孩儿』对对挑灯，『七娘子』双双执扇。观看的是『风检才』、『麻婆子』，夸称道『鹊桥仙』并进『小蓬莱』；伏侍的是『好姐姐』、『柳青娘』，帮衬道『贺新郎』同入『销金帐』。做娇客的磨枪备箭，岂宜重问『后庭花』？做新妇的，半喜还忧，此夜定然『川拨棹』。『脱布衫』时欢未艾，『花心动』处喜非常。

当时张氏和春郎，魂梦之中，也不想得到此，真正喜自天来。兰孙小姐灯烛之下，觑见新郎容貌不凡，也自暗暗地欢喜。只道嫁个老人星，谁知却嫁了个文曲星！行礼已毕，便伏侍新人上轿。刘元普亲自送到南楼，结烛合卺，又把那千金妆奁，一齐送将过来。刘元普自回去陪宾，大吹大擂，直饮至五更而散。这里洞房中一对新人，真正佳人遇着才子，那一宵欢爱，端的是如胶似漆，似水如鱼。枕边说到刘公大德，两下里感激深入骨髓。

次日天明起来，见了张氏。张氏又同他夫妇拜见刘公，十万分称谢。随后张氏就办些祭物，到灵柩前，叫媳妇拜了公公，儿子拜了岳父。张氏抚棺哭道：「丈夫生前为人正直，死后必有英灵。刘伯父周济了寡妇孤儿，又把名门贵女做你媳妇，恩德如天，非同小可！幽冥之中，乞保佑刘伯父早生贵子，寿过百龄！」春郎夫妻也各自默默地祷祝，自此上和下睦，夫唱妇随，日夜焚香保刘公冥福。

不觉光阴荏苒，又是腊月中旬，茔葬吉期到了。刘元普便自聚起匠役人工，在庄厅上抬取一对灵柩，到坟茔上来。张氏与春郎夫妻，各各带了重孝相送。当下埋棺封土已毕，各立一个神道碑：一书「宋故襄阳刺史安卿裴公之墓」，一书「宋故钱塘县尹克让李公之墓」。只见松柏参差，山水环绕，宛然二家相连。刘元普设三牲礼仪，亲自举哀拜奠。张氏三人放声大哭，哭罢，一齐望着刘元普拜倒在荒草地上

不起。刘元普连忙答拜，只是谦让无能，略无一毫自矜之色。随即回来，各自散讫。

是夜，刘元普睡到三更，只见两个人幞头象简，金带紫袍，向刘元普扑地倒身拜下，口称「大恩人」。刘元普吃了一惊，慌忙起身扶住道：「二位尊神何故降临？折杀老夫也！」那左手的一位说道：「某乃襄阳刺史裴习，此位即钱塘县令李克让也。上帝怜我两人清忠，封某为天下都城隍，李公为天曹府判官之职。某系狱身死之后，幼女无投，承公大恩，赐之佳婿，又赐佳城，使我两人冥冥之中，遂为儿女姻眷。恩同天地，难效涓埃。已曾合表上奏天庭，上帝鉴公盛德，特为官加一品，寿益三旬，子生双贵。幽明虽隔，敢不报知？」那右手的一位又说道：「某只为与公无交，难诉衷曲，故此空函寓意，不想公一见即明，慨然认义，养生送死，已出殊恩。淑女承祧，尤为望外。虽益寿添嗣，未足报洪恩之万一。今有遗腹小女凤鸣，明早已当出世，敢以此女奉长郎君箕帚。公与我媳，我亦与公媳，略尽报效之私。」言讫，拱手而别。刘元普慌忙出送，被两人用手一推，瞥然惊觉。却正与王夫人睡在床上，便将梦中所见所闻，一一说了。夫人道：「妾身亦慕相公大德，古今罕有，自然得福非轻，神明之言，谅非虚谬。」刘元普道：「裴、李二公，生前正直，死后为神。他感我嫁女婚男，故来托梦，理之所有。但说我「寿增三十」，世间那有百岁之人？又说赐我二子，我今年已七十，虽然精力不减少时，那七十岁生子，却也难得，恐未必然。」

次日早晨，刘元普思忆梦中言语，整了衣冠，步到南楼。正要说与他三人知道，只见李春郎夫妇出来相迎，春郎道：「母亲生下小妹，方在坐草之际。昨夜我母子三人各有异梦，正要到伯父处报知贺喜，岂知伯父已先来了。」刘元普见说张氏生女，思想梦中李君之言，好生有验，只是自己不曾有子，不好说得。当下问了张氏平安，就问：「梦中所见如何？」李春郎道：「梦见父亲岳父俱已为神，口称伯父大德，感动天庭，已为延寿添子。」三人所梦，总是一样。刘元普暗暗称奇，便将自己梦中光景，一一对两人说了。春郎道：「此皆伯父积德所致，天理自然，非虚幻也。」刘元普随即回家，与夫人说知，各各骇叹，又差人到李家贺喜。不逾时，又及满月。张氏抱了幼女来见伯父伯母。元普便问：「令爱何名？」张氏道：「小名凤鸣，是亡夫梦中所嘱。」刘元普见与己梦相符，愈加惊异。

话休絮烦。且说王夫人当时年已四十岁了，只觉得喜食咸酸，时常作呕。刘元普只道中年人病发，延医看脉，没一个解说得出。就有个把有手段的忖道：「像是有喜的气脉。」却晓得刘元普年已七十，王夫人年已四十，从不曾生育的，为此都不敢下药，只说道：「夫人此病不消服药，不久自瘳。」刘元普也道这样小病，料是不妨，自此也不延医，放下了心。只见王夫人又过了几时，当真病好。但觉得腰肢日重，裙带渐短，眉低眼慢，乳胀腹高。刘元普半信半疑道：「梦中之言，果然不虚么？」日月易过，不觉已及产期。刘元普此时不由你不信是有孕，提防分娩，一面唤了收生婆进来，又雇了一个奶子。忽一夜，夫人方睡，只闻得异香扑鼻，仙音嘹亮。夫人便觉腹痛，众人齐来服侍分娩。不上半个时辰，生下一个孩儿。香汤沐浴过了，看时，只见眉清目秀，鼻直口方，十分魁伟。夫妻两人欢喜无限。元普对夫人道：「一梦之灵验如此，若如裴、李二公之言，皆上天之赐也。」就取名刘天佑，字梦祯。此事便传遍洛阳一城，把做新闻传说。百姓们编出四句口号道：

刺史生来有奇骨，为人专好积阴骘。

嫁了裴女换刘儿，养得头生做七十。

转眼间，又是满月，少不得做汤饼会。众乡绅亲友，齐来庆贺，真是宾客填门。吃了三五日筵席。春郎与兰孙，自梯已设宴贺喜，自不必说。

且说李春郎自从成婚葬父之后，一发潜心经史，希图上进，以报大恩。又得刘元普扶持，入了国子学。正与伯父、母、妻商量到京赴学，以待试期。只见汴京有个公差到来，说是郑枢密府中所差，前来接取裴小姐一家的。元来那兰孙的舅舅郑公，数月之内，已自西川节度内召为枢密院副使。还京之日，已知姊夫被难而亡。遂到清真观问取甥女消息，说是卖在洛阳。又遣人到洛阳探问，晓得刘公仗义全婚，称叹不尽。因为思念甥女，故此欲接取他姑嫜、夫婿，一同赴京相会。春郎得知此信，正是两便。兰孙见说舅舅回京，也自十分欢喜。当下禀过刘公夫妇，就要择个吉日，同张氏和凤鸣起程。到期刘元普治酒饯别，中间说起梦中之事，刘元普便对张氏说道：「旧岁，老夫梦中得见令先君，说令爱与小儿有婚姻之分。前日小儿未生，不敢启齿。如今倘蒙不鄙，愿结葭莩。」张氏欠身答道：「先夫梦中曾言，又蒙伯伯不弃，大恩未报，敢惜一女？只是母子孤寒如故，未敢仰攀。倘得犬子成名，当以小女奉郎君箕帚。」当下酒散，刘公又嘱付兰孙道：「你丈夫此去，前程万里。我两人在家安乐，孩儿不必挂怀。」诸人各各流涕，恋恋不舍。临行，又自再三下拜，感谢刘公夫妇盛德。然后垂泪登程去了。洛阳与京师却不甚远，不时常有音信往来，不必细说。

再表公子刘天佑，自从生育，日往月来，又早周岁过头。一日，奶子抱了小官人，同了养娘朝云，往外边耍子。那朝云年十八岁，颇有姿色。随了奶子出来玩耍了一晌，奶子道：「姐姐，你与我略抱一抱，怕风大，我去将衣服来与他穿。」朝云接过抱了，奶子进去了一回出来，只听得公子啼哭之声；着了忙，两步当一步，走到面前，只见朝云一手抱了，一手伸在公子头上揉着。奶子疾忙近前看时，只见跌起老大一个疙瘩。便大怒发话道：「我略转得一转背，便把他跌了。你岂不晓得他是老爷、夫人的性命？若是知道，须连累我吃苦！我便去告诉老爷、夫人，看你这小贱人逃得过这一顿责罚也不！」说罢，抱了公子，气愤愤的便走。朝云见他势头不好，一时性发，也接应道：「你这样老猪狗！倚仗公子势利，便欺负人，破口骂我！不要使尽了英雄！莫说你是奶子，便是公子，我也从不曾见有七十岁的养头生。知他是拖来也是抱来的人？却为这一跌便凌辱我！」朝云虽是口强，却也心慌，不敢便走进来。不想那奶子一五一十竟将朝云说话对刘元普说了。元普听罢，忻然说道：「这也怪他不得。七十生子，原是罕有，他一时妄言，何足计较？」当时奶子只道搬斗朝云一场，少也敲个半死，不想元普如此宽容，把一片火性化做半杯冰水，抱了公子自进去了。

却说元普当夜与夫人吃夜饭罢，自到书房里去安歇。分付女婢道：「唤朝云到我书房里来！」众女婢只道为日里事发，要难为他，倒替他担着一把干系，疾忙鹰拿燕雀的把朝云拿到。可怜朝云怀着鬼胎，战兢兢的立在刘元普面前，只打点领责。元普分付众人道：「你们多退去，只留朝云在此。」众人领命，一齐都散，不留一人。元普便叫朝云闭上了门。朝云正不知刘元普葫芦里卖出甚么药来。只见刘元普叫他近前，说道：「人之不能生育，多因交会之际，精力衰微，浮而不实，故艰于种子。若精力健旺，虽老犹少。你却道老年人不能生产，便把那抱别姓、借异种这样邪说疑我。我今夜留你在此，正要与你试一试精力，消你这点疑心。」元来刘元普初时只道自己不能生儿，所以不肯

轻纳少年女子。如今已得过头生，便自放胆大了。又见梦中说『尚有一子』，一时间不觉通融起来。那朝云也是偶然失言，不想到此分际，却也不敢违拗，只得伏侍元普解衣同寝。但见：

一个似八百年彭祖的长兄，一个似三十岁颜回的少女。尤云殢雨，宓妃倾洛水，浇着寿星头；似水如鱼，吕望持钓竿，拨动杨妃舌。乘牛老君，搂住捧珠盘的龙女；骑驴古老，搭着执抓篱的仙姑。胥靡藤缠定牡丹花，绿毛龟采取芙蕖蕊。太白金星淫性发，上青玉女欲情来。

刘元普虽则年老，精神强悍。朝云只得忍着痛苦承受，约莫弄了一个更次，阳泄而止。

是夜刘元普便与朝云同睡，天明，朝云自进去了。刘元普起身对夫人说知此事，夫人只是笑。众女婢和奶子多道：『老爷一向极有正经，而今倒恁般老没志气。』谁想刘元普和朝云只此一宵，便受了娠。刘元普也是一时要他不疑，卖弄本事，也不道如此快杀。夫人便铺个下房，劝相公册立朝云为妾。刘元普应允了，便与朝云戴笄，纳为后房，不时往朝云处歇宿。朝云想起当初一时失言，倒得这一个好地位。刘元普与朝云戏语道：『你如今方信公子不是拖来抱来的了么？』朝云耳红面赤，不敢言语。转眼之间，又已十月满了。一日，朝云腹痛难禁，也觉得异香满室，生下一个儿子，方才落地，只听得外面喧嚷。刘元普出来看时，却是报李春郎状元及第的。刘元普见侄儿登第，不辜负了从前认义之心，又且正值生子之时，也是个大大吉兆，心下不胜快乐。当时报喜人就呈上李状元家书。刘元普拆开看道：

侄子母孤孀，得延残息足矣。赖伯父保全终始，遂得成名，皆伯父之赐也。迩来二尊人起居，想当佳胜。本欲给假，一候尊颜，缘侍讲东宫，不离朝夕，未得如心。姑寄御酒二瓶，为伯父颐老之资；宫花二朵，为贤郎鼎元之兆。临风神注，不尽鄙枕。

刘元普看毕，收了御酒宫花，正进来与夫人说知。只见公子天佑走将过来，刘元普唤住，递宫花与他道：『哥哥在京得第，特寄宫花与你，愿我儿他年琼林赐宴，与哥哥今日一般。』公子欣然接了，向头上乱插，望着爹娘唱了两个深喏，引得那两个老人家欢喜无限。刘元普随即修书贺喜，并说生次子之事。打发京中人去讫，便把皇封御酒祭献裴、李二公，然后与夫人同饮。从此又将次子取名天锡，表字梦符。兄弟日渐长成，十分乖觉。刘元普延师训诲，以待成人。又感上天佑庇，一发修桥砌路，广行阴德。裴、李二墓，每年春秋祭扫不题。

再表这李状元在京之事。那郑枢密院夫人魏氏，止生一幼女，名曰素娟，尚在襁褓。他只为姐夫姐姐早亡，甚是爱重甥女，故此李氏一门在他府中，十分相得。李状元自成名之后，授了东宫侍讲之职，深得皇太子之心。自此十年有余，真宗皇帝崩了，仁宗皇帝登极，优礼师傅，便超升李彦青为礼部尚书，进阶一品。那刘元普仗义之事，自仁宗为太子时，已自几次奏知。当日便进上一本，恳赐还乡祭扫，并乞褒封。仁宗颁下诏旨：『钱塘县尹李逊追赠礼部尚书；襄阳刺史裴习追复原官，各赐御祭一筵。青州刺史刘弘敬以原官加升三级。礼部尚书李彦青给假半年，还朝复职。』

李尚书得了圣旨，便同张老夫人、裴夫人、凤鸣小姐，谢别了郑枢密，驰驿回洛阳来。一路上车马旌旗，炫耀数里，府县官员出郭迎接。那李尚书去时尚是弱冠，来时已作大臣，却又年止三十。洛阳父老，观者如堵，都称叹刘公不但有德，抑且能识好人。当下李尚书家眷，先到刘家下马。刘元普夫妇闻知，忙排香案迎接圣旨，三呼已

毕。张老夫人、李尚书、裴夫人俱各红袍玉带，率了凤鸣小姐，齐齐拜倒在地，称谢洪恩。刘元普扶起尚书，王夫人扶起夫人、小姐，就唤两位公子出来相见婶婶、兄嫂。众人看见兄弟二人，相貌魁梧，又酷似刘元普模样，无不欢喜。都称叹道：『大恩人生此双璧，无非积德所招。』随即排着御祭，到裴、李二公坟茔，焚香奠酒。张氏等四人，各各痛哭一场，撤祭而回。

刘元普开筵贺喜。食供三套，酒行数巡。刘元普起身对尚书母子说道：『老夫有一衷肠之话，含藏十余年矣，今日不敢不说。令先君与老夫，生平实无一面之交。当贤母子来投，老夫茫然不知就里。及至拆书看时，并无半字。初时不解其意，仔细想将起来，必是闻得老夫虚名，欲待托妻寄子，却是从无一面，难叙衷情，故把空书藏着哑谜。老夫当日认假为真，虽妻子跟前不敢说破。其实所称八拜为交，皆虚言耳。今日喜得贤侄功成名遂，耀祖荣宗。老夫若再不言，是埋没令先君一段苦心也。』言毕，即将原书递与尚书母子展看。尚书母子号恸感谢。众人直至今日，才晓得空函认义之事，十分称叹不止。正是：

故旧托孤天下有，虚空认义古来无。
世人尽效刘元普，何必相交在始初？

当下刘元普又说起长公子求亲之事，张老夫人欣然允诺。裴夫人起身说道：『奴受爹爹厚恩，未报万一。今舅舅郑枢密生一表妹，名曰素娟，正与次弟同庚，奴家愿为作伐，成其配偶。』刘元普称谢了，当日无话。刘元普随后就与天佑聘了李凤鸣小姐。李尚书一面写表转达朝廷，奏闻空函认义之事，一面修书与郑公说合。不逾时，仁宗看了表章，龙颜大喜，惊叹刘弘敬盛德，随颁恩诏，除建访旌表外，特以李彦青之官封之，以彰殊典。那郑公素慕刘公高义，求婚之事，无有不从。李尚书既做了天佑舅舅，又做了天赐中表联襟，亲上加亲，十分美满。以后天佑状元及第，天赐进士出身，兄弟两人，青年同榜。刘元普直看二子成婚，各各生子。然后忽一夜梦见裴使君来拜道：『某任都城隍已满，乞公早赴瓜期，上帝已有旨矣。』次日无疾而终，恰好百岁。王夫人也自寿过八十。李尚书夫妇痛哭倍常，认作亲生父母，心丧六年。虽然刘氏自有子孙，李尚书却自年年致祭，这教做知恩报恩。唯有裴公无后，也是李氏子孙世世拜扫。自此世居洛阳，看守先茔，不回西粤。裴夫人生子，后来也出仕贵显。那刘天佑直做到同平章事，刘天赐直做到御史大夫。刘元普屡受褒封，子孙蕃衍不绝。此阴德之报也。

这本话文，出在《空缄记》，如今依传编成演义一回，所以奉劝世人为善。有诗为证：

阴阳总一理，祸福唯自求。
莫道天公远，须看刺史刘。